O PAÍS SEM SOMBRA

Tabla

tradução
FÁTIMA MURAD

ABDOURAHMAN
A. WABERI

O PAÍS SEM SOMBRA

CONTOS

A Nuruddin Farah e Tierno Monénembo,
dois escritores que presenciaram
a morte do país de sua imaginação.

Para Florence e para minhas duas
famílias, do Djibuti e da Vendeia.

I. DESVIO

PÁGINAS ARRANCADAS DO ROMANCE DO IMAGINÁRIO

GALERIA DE LOUCOS

O inferno está vazio e todos os demônios estão aqui!
SHAKESPEARE

Não é culpa de ninguém.
EVELYN WAUGH

Um céu quase branco de tão azul. Um bairro do Djibuti na cidade baixa. Uma casa de madeira, como todas as outras, com cobertura de alumínio. Sobre o teto sujo e esburacado, trabalhado tanto pela ferrugem (a umidade impera) quanto pelo desgaste, aqui e ali os objetos mais inusitados se esbarram e se remetem ecos estranhos: uma bola furada e ressequida pelo calor, uma velha roda de bicicleta murcha, um chapéu de palha gasto, um sapato deformado, um trapo, alguns míseros pregos.

Em um canto sombreado da varanda, encostado no tabique, um homem mais velho que jovem está sentado em uma esteira de ráfia. Diante dele, uma mesinha baixa e bamba sobre a qual estão dispostos lado a lado um pequeno porta-gelo vermelho para manter a água fresca, uma garrafa térmica para o chá quente e fortemente condimentado (canela, cravo, cardamomo e gengibre), um copo e uma xícara. Bem debaixo da torneira do porta-gelo, envolvido em um trapo sempre úmido, o khat, a planta de todas as cobiças nessa parte do mundo. A planta mágica. Maléfica. O khat se apresenta na forma de raminhos amarrados por uma fibra cor de cortiça proveniente de uma folha de bananeira.

Esse homem com os olhos semicerrados de quem passou a noite toda em claro é meu pai. Awaleh rumina, como se diz entre nós com uma ponta de orgulho. Na verdade, ele não rumina, ele masca seu khat como se mastiga tabaco. Ou como se masca chiclete. E a cada quinze minutos mais ou menos, bebe um gole de água fresca, depois chá quente. O khat dá sede. O khat dá formigamento nas pernas. Meu pai muda de posição a cada meia hora; depois do lado direito (seu preferido), apoia os cotovelos do lado esquerdo. Procede sempre da mesma maneira. Sempre. O khat marca o ritmo de vida das pessoas nesse país fodido. Sem khat não há vida! Da uma da tarde às oito horas da noite o khat mantém os homens (e as mulheres) vivos. Sem ele, o que fazer, como viver? Apenas a voz solitária do muezim vem perturbar, para alguns, esse ritual tão bem assimilado.

Em um mundo à deriva, os homens se agarram à coisa mais frágil que há: os raminhos de um arbusto etíope. Essa planta, em troca, os fortalece. O khat é o veneno e seu antídoto, em outras palavras, o encarceramento perpétuo.

Os incêndios mais mortais ocorrem sempre à tarde, quando, letárgicos, homens e mulheres, crianças e animais almejam o devaneio. Algumas ruelas lamacentas mais adiante, uma casinha vai se consumindo. Os bombeiros são esperados como messias. Como de costume. Talvez nunca cheguem. Não importa. Dizem que eles não sabem mais para onde ir. Semana passada, uma nonagenária neuropata pereceu esgotada, sufocada sob os escombros. Um punhado de cinzas parecia indicar tudo o que restava da velha horas mais tarde, quando o incêndio foi vencido pela vizinhança impassível.

O fogo, Prometeu malicioso, mastiga magnificamente o trabalho para os agentes da urbanização. À vista de todos, o fogo, em sua dança lunática, labuta traçando vielas ziguezagueantes na cidade baixa, arrastando tudo em sua passagem, tal como um Aqueronte, deixando apenas estacas rugosas, mirradas, cor de carvão.

Ainda recentemente, diante de vítimas impotentes, um alto responsável da urbanização proferiu este discurso insípido:

"O fogo não é indulgente, mas reconheçam que não há incêndios que não sejam merecidos. Vejam, nós nunca lamentamos danos causados por um piromaníaco na verdadeira cidade."

Nessa parte da cidade o fogo tem carta branca.

Hesitante como um frágil barquinho, a vida brota do ventre vazio de uma jovenzinha; essa jovem-criança de rosto muito macilento dá de comer aos bocados a uma criança igualmente sofredora. Quem é a mãe? Quem é o rebento?

Enquanto isso, não longe dali, meu pai está sentado em uma esteira de ráfia. Encostado no tabique, como de hábito, rumina maquinalmente. Do lado de fora, uma algazarra. O vento quente entorpece os rostos a tal ponto que parecem máscaras insensíveis. As ruas se esvaziam de seus passantes, a vida se torna mais lenta, mais fluida. Não haverá mais ninguém nas ruelas. O vozerio terá desaparecido. A hora-fantasma se aproxima a passo de lobo. O khat instala seu domínio na cidade. À espera da zumbificação nada mais conta. O mundo exterior deixou de existir. É a hora-fantasma.

Nas ruelas poeirentas, porque jamais pavimentadas, onde se amontoam detritos, cascalho e coprólitos, mulheres gritam da soleira de suas portas. A da frente vocifera:

"Moleque sujo nascido da água do Diabo, vai buscar uma Coca-Cola bem fresca para o teu pai ausente! Não se faça de surdo, você sabe bem que o khat seca a garganta dele. Vem aqui, bastardinho!"

A vizinha emenda com tremor afetado na voz como que para dar substância à sua fala:

"Meu marido é a mesma coisa. Sem Coca-Cola, o khat lhe sairia do traseiro como um bebê refugiado com diarreia maligna."

Essa mulher, uma auxiliar de enfermagem no dispensário do bairro, sente prazer em impressionar as vizinhas utilizando, em sua fala, termos novos sistematicamente emprestados do meio hospitalar. Uma terceira, negra alta com seios achatados no tórax que se percebem facilmente sob o *dirac* transparente, dispara por sua vez:

"O meu é como uma criança. Nunca vi um adulto que goste tanto de doce. Três Coca-Colas e chá muito açucarado todos os dias. Às vezes me pergunto se não mamou Coca-Cola no seio da esquisita da mãe dele."

De um quintal, a voz monocórdica de Saïd Hamarghod, o cantor mais prolixo da língua somali, repete sem parar esse refrão esplenético:

... não me lamento
nasci para a dor
um dia vou me curar
um dia vou me curar...

Meu pai rumina em seu canto. Familiares, primos, parentes próximos ou distantes, membros da tribo e diversos conhecidos disputam entre si para ficar mais perto dele. Eles vêm visitá-lo para ruminar com ele ou para lhe tomar emprestado um feixe de khat que nunca pagarão. Cada um encontrou um lugarzinho para seu magro traseiro. Às duas horas da tarde, todos estão completamente prontos. A sessão de khat já começou. Do lado de fora, é a hora-fantasma.

Hamoud, o ferreiro, continua sendo uma das personalidades mais apagadas do bairro. Contudo seus pares reconhecem sua incrível destreza sem igual, sobretudo nos bairros baixos. Fiel à sua reputação, é na hora-suicida, na hora em que os dardos do sol são mais cortantes que cacos de garrafa, que Hamoud chega ao seu local de trabalho: um monte de sucata que lhe serve de oficina ao ar livre. Para a pequena história (que geralmente esclarece a grande História), Hamoud é um tumal, ou seja, pertence a uma casta considerada inferior, e por isso desprezada e mantida à margem pelo conjunto das etnias somalis. Os tumal, por trabalharem o ferro, são vítimas de uma verdadeira segregação não explícita. Em nosso bairro, as más línguas asseguram que Hamoud se entrega levianamente à bebida do Diabo. Outros juram solenemente pelo bisavô morto em consequência da Grande Seca, chamada de "A Devastadora", que Hamoud esconde seu litro de vinho no frasco de xarope contra a tosse seca enfiado debaixo de sua cama de ferro. Entre os adversários do ferreiro, encontra-se um bom número de fiéis da mesquita encabeçados pelo chefe do bairro, Haji War Amoussa. Em um acesso de cólera indescritível, War Amoussa quase furou um olho do aprendiz de Hamoud, um esquelético ferreiro-mecânico a quem se hesitaria em atribuir uma idade precisa. Halloul não pensou em prestar queixa, pois sabe muito bem que War Amoussa é intocável. À boca pequena comenta-se que uma desavença antiga e conjugal explicaria em parte o ódio arraigado que War Amoussa consagra a Hamoud.

No final de uma viela cheia de atoleiros, dois estudantes secundaristas de uma maturidade insólita conversam empolgados (como não existe universidade nesse país, alguém é taxado de intelectual tão logo põe os pés em uma escola de ensino médio).

O primeiro diz ao segundo:

"Nosso país é um inferno grandioso que Antonin Artaud não teria renegado."

O segundo retruca no mesmo tom gravíssimo:

"Durante a Independência e depois dela, não tivemos nada, nem mesmo um demagogo iluminado que nos transporte em seus discursos prolixos, que nos fale dos sobressaltos nacionais, em suma, que nos alimente de ilusões, é frustrante..."

Bob Marley cantava *Waiting in Vain* em uma outra ruela.

Às três da tarde, os primeiros sinais — prelúdios do *mirghan* (a hora de Salomão, segundo a expressão de um poeta iemenita amante do khat que sabe do que fala) — manifestam-se aos olhos de todos. As pessoas se levantam para desenferrujar as pernas um pouquinho que seja. Aproveitam também para aliviar a bexiga no canto onde fica a fossa séptica com seu enxame de moscas, suas redes de teias de aranhas, suas incontáveis lagartixas, suas grandes baratas púrpuras e seus ratinhos. Os ruminadores mais alertas se dirigem a contragosto à mercearia vizinha para comprar a segunda garrafa de Coca-Cola ou o terceiro maço de cigarros. Os mais vorazes — são muitos — esquecem o amor-próprio para tomar emprestado mais um feixe de khat, para grande desespero de seu vendedor habitual, meu pai por exemplo. Os mais sensatos — são raros — decidem economizar algum dinheiro mascando com parcimônia seus magros raminhos de khat. Esses não dispensam nem as folhas mais duras para o dente, nem as mais ingratas para a língua. Essas folhas que se costuma dar aos mendigos e aos loucos que vasculham o bairro.

Cada bairro tem sua horda de loucos. Cada louco sofre de uma "loucura" especial que o caracteriza, cultiva sua arte particular, administra a própria demência como bem entende. Cada louco é uma "loucura" por inteiro. E alguns se distinguem por seu encanto inato e seu fascínio bem marcantes.

Há os loucos fogosos, geralmente atiradores de pedras. Rancorosos e malévolos, atacam, em primeiro lugar, as crianças, as mulheres, os bêbados — outra raça de loucos nesse país — e os doentes ou supostos doentes. Os loucos fogosos temem a concorrência, a seu ver insolente e desleal, dos exércitos de mendigos dos quais muitos provêm de bandos de refugiados que os governos enxotaram a golpes de porrete e arame farpado. Os loucos fogosos denunciam a quem queira ouvi-los a mendicância ignominiosa e insultante desses bugres vindos de fora, portanto saídos de lugar nenhum. Ferozmente ciumentos de seu bairro (pois são verdadeiros filhos do país), os loucos fogosos perseguem os normais e os estrangeiros. Podem se revelar assassinos; essas crianças nascidas no bairro guardaram na memória combates longínquos, aqueles pela Independência, entre outros.

"Nós, os loucos fogosos, éramos os mais obstinados nacionalistas. Fizemos a guerra aos franceses. Deixamos os mais fogosos dentre nós nos campos de honra na Poudrière, em Gabode ou Loyada,[1] sem falar das linhas da fronteira onde os soldados inimigos eram mais numerosos que moscas em uma ferida aberta. E então merda, tudo isso é passado, só conversa fiada... Vamos confessar a vocês: hoje não compreendemos nada de nada. Sinceramente, sentimos saudades da era dos Khaireh Addeh que, pelo menos, tinha o mérito da claridade. Porém não somos idiotas, sabemos que a França partiu depois de Giscard, mas desde então é o grande abismo escuro. Aqueles que nos governam ultrapassaram os limites da loucura até mesmo de nós, os autodenominados loucos fogosos profissionais..."

Há também os loucos maliciosos, caudatários sem igual e bajuladores inigualáveis. Sobre eles, dizem que agem assim por necessidade, porque não sabem fazer outra coisa. Como vítimas, apreciam sobretudo as mulheres, afortunadas ou não, às quais oferecem conselhos pagos à vista até o último tostão. Pois sabem tocar o ponto fraco de cada uma delas. Diante dos casos difíceis, limitam-se a emitir um forte grito insano (que se dizia outrora próprio dos negros).

1 Poudrière, Gabode e Loyada são locais próximos à capital do Djibuti, onde as forças francesas aprisionaram e assassinaram militantes e civis desarmados que defendiam a Independência. (N. da E.)

“Mulheres, vocês são as mais belas, as mais generosas, as mais principescas; descobrimos isso no âmago de vocês, detectamos o menor sinal oculto no enigma de sua personalidade, andem logo, paguem-nos o khat hoje, sexta-feira, dia do Senhor, e não de Nabi Issa. As estrelas não poderiam ser mais favoráveis, então tudo vai se arranjar para todas vocês! Está escrito nas nervuras de seu pescoço e nas partes mais carnudas no interior de suas coxas.”

O que encanta mais de uma donzela à espera de um casamento muito bem arranjado.

Ao contrário dos loucos maliciosos, há uma turba de loucos silenciosos. Particularidade física: cabeleira abundante à maneira dos adeptos de São-Haile-Selassie-de-Harar e de São-Tafari-da-Jamaica. Outrora homens marcados pela sabedoria e bons pais na linhagem direta dos pastores do Chifre da África, sussurra-se que foram tocados depois por uma espécie de graça perniciosa. Os loucos silenciosos se dão ao luxo de não abrir a boca enquanto coçam a cabeça e as costas como se, sem que ninguém no mundo soubesse, cuidassem de manter intactos os segredos que regem o Universo. Eles têm um olhar que o atravessa, que o penetra, o que leva os imbecis a dizerem que eles têm algo de místico. Mudos como budas, têm silêncios que, de imediato, congelam seu sangue; atribuem-se a eles passados gloriosos ou aventuras amorosas inusitadas.

“Sabem por que esse homem se cala?”, diz um homem comum apontando para um louco silencioso.

“Parece que, no dia do seu casamento, sua nona esposa morreu asfixiada como as outras oito”, acrescenta.

Seja como for, uma coisa é certa: os loucos silenciosos fazem os outros falarem. E, consequentemente, os fazem viver.

Não há apenas loucos, há também loucas nessa parte do mundo onde já há muito tempo a imprensa séria foi destituída pelo boato. Entre a coorte de loucas, extasia-se diante da espécie das loucas-exibidoras-de-sexo. Sua elevada posição faz com que sejam seguidas o tempo todo por um bando de moleques, muitos dos quais se preparam para a profissão de louco ambulante, fortemente estimulada pelas autoridades que não sabem mais o que inventar. Assim, as loucas-exibidoras-de-sexo, como verdadeiras rainhas de colmeias, jamais se deslocam sem seus enxames de abelhas. Nos horários de pico, em cada esquina, uma louca-exibidora-de-sexo levanta habilmente o *dirac* para expor seus trunfos. Ela faz muito sucesso sobretudo diante do público fiel da mesquita. Os fiéis não fingem mais desviar os olhos das representantes de Lúcifer. Deleitam-se diante dessa tralha de sexos murchos com lábios encarquilhados que fedem a excremento, urina e baba de homens apressados para não serem flagrados com uma notória louca-exibidora-de-sexo de sólida reputação. Certamente, elas fazem a felicidade de muitos, mas só recebem palavras duras (mais ou menos como a Administração, vaca leiteira da nação).

"Somos deusas; vocês nos visitam com muita frequência, e então, quando teremos um templo?", reclama uma louca.

Finalmente, há os loucos nobres em sua loucura. Campeões da poesia aliterativa e elíptica somali, são os mais graduados na profissão, os mais temidos também. Esses homens são perigosos. São os loucos argumentadores, falantes de certas verdades e incitadores de raios celestes. São cada vez mais raros. É uma raça soberbamente em via de extinção. Lançam espinhos de mimosa em direção ao seu inimigo do momento: por exemplo, as cabeças coroadas de toda espécie. Desafiam com bravura e bravata as figuras mais respeitadas na nação, ou seja, o Profeta e o presidente da República. Quando um louco falante de certas verdades adentra um lugar, todos se calam, alguns deixam o recinto de imediato na ponta dos pés, outros suam em bicas — sem nenhuma razão —, outros ainda alegam vontade de vomitar, picadas nas pernas ou incontinência urinária. Os mais ousados, como Haji War Amoussa, o chefe do bairro, tentam corrompê-lo.

"Eis o Diabo em pessoa, dê-lhe uma bebida! Está com sede? Tome, pegue este feixe de khat e este bilhete para pagar o ônibus de Balbala. *Subhanallah*, vá, vá meu filho..."

E o louco argumentador lhe responde à altura. Remexe no passado do chefe para desenterrar segredos escondidos, histórias camufladas, identidades falsificadas ou episódios silenciados:

"Diga-me Haji, desde quando você se mostra tão generoso, você que, não faz tanto tempo, disputava as vísceras e as tripas com os abutres para revendê-las a preço alto no mercado? E sua décima segunda peregrinação, como pagou? O mais desonestamente possível, presumo."

É terrível o louco falante de certas verdades quando abre a boca. Ele aprecia as frases chocantes e domina uma eloquência e uma clarividência apreciadas e justamente reconhecidas por todos. Alguns veem nele a consciência moral — se existe alguma — do bairro. Esse homem lunático conhece o valor de cada um em uma sociedade coletiva e sufocante para o indivíduo, recompensa os virtuosos — cada vez mais raros — e pune à sua maneira os malevolentes, os vaidosos, os opressores, os desleais, os ladrões, os trapaceiros, os arrivistas e, *last but not least*, os tribalistas. É por isso que seus inimigos são mais numerosos do que as contas de um rosário. Eles vivem reclamando uma ação exemplar, repetem por toda parte que é preciso esquartejá-lo pela soma de suas insolências, de suas violações à tradição. Mas o louco falante de muitas verdades continua a acossar os falsos beatos expondo em praça pública seus pecadilhos: este aqui é pederasta, aquele lá é alcoólico inveterado etc.

O louco desmistificador combate com veemência os oportunistas de todo tipo. De imediato, o louco-impedidor-de-andar-ao-contrário-do-que-deveria revela seu credo pessoal:

"Não tenho nada contra a humanidade sofredora, eu, louco-clarividente, persigo quem não presta. Ah! Ah! Ah! Estou avisando: tenho mil anos de idade..."

Encostado no tabique, meu pai continua ruminando.

A OGRA DAS ORIGENS

É preciso que a erva cresça
e as crianças morram.
VICTOR HUGO

Primeiro havia a ogra, a mãe esquecida, a besta surgida dos pântanos: cruel criatura peluda, caninos cortantes, unhas longas bem afiadas e manto de pele de hiena surrado. Trazia em uma das mãos uma lança de ferro forjado e na outra um cajado de peregrino. A pele era toda coberta de crostas e de rachaduras parecendo um sáurio.

Havia a ogra anfíbia, predadora de homens por excelência. Suas pegadas estão inscritas em letras de ouro nessa região desde tempos imemoráveis; é o espírito desse país heterogêneo, mais ou menos como a loba romana. É a mãe que dá e tira a vida, a baleia das profundezas abissais com estômago insondável.

No começo era a ogra. Depois vieram os homens que a venceram. Sua morte dera origem a essa cidade branca e leprosa que traz em seu seio a marca indelével. Para que se entenda: Djibuti (ou mais exatamente "Jabuti") significa, segundo uma lenda sempre presente, a derrota (*jab*) da ogra (*buti*). A ogra é portanto a mãe nutriz, a santa padroeira dessa cidade centenária.

Desde a morte da madrinha canibal, o trampolim da história não parou de sacudir essa região indigente, já golpeada pela vontade assassina de um sol imperial.

Será que tinha realizado seu último sonho, ele que reivindicava o direito à imaginação? Ele continuava lá, ocioso como estaria um apóstolo no dia do Juízo Final. Continuava lá observando o oceano — comunicando-se com ele, como diriam os adeptos do animismo — e dele não comia nem as tartarugas gordas, nem os frutos do mar, nem mesmo os peixes. O oceano: a única fronteira de seu universo; mas a brisa lhe era tão cara quanto a luz do dia ou o brilho nos olhos.

Há muito tempo os herdeiros da ogra tinham submergido o país nas areias movediças da desesperança. Único sobrevivente dessa amarga desventura, observa o oceano dia e noite. O tempo já não tem a menor importância para ele. Tenta rezar à maneira de antes da bancarrota cinco a sete vezes por semana (dependendo) como se de súbito uma máquina certamente enferrujada mas ainda em condições de funcionar se lembrasse de gestos de outrora. Na época, a esperança não era vendida em leilão: nenhum demiurgo ia restaurá-la! Ao anoitecer, deitava de costas para contemplar o céu, examinar as estrelas. Dormia ao relento como os pastores de antigamente, da época do *Xeer* e de antes do dilúvio.

Lembrava que, assim como a ogra, estava sozinho nessa costa, enrolado em si mesmo, desamparado, nu como em seu primeiro dia. E se perguntava se não tinha sido gerado pelo húmus e as flatulências do oceano, se não tinha como tataravó a ogra das origens.

"Belas são as estrelas no céu imutável!", constatava sempre que se preparava para dormir.

E que sonhos de evasão no mínimo agitados, que esperanças secretas, olhos cravados ao longe, na linha azul, na fronteira oceano!

"Fugir, para longe, fugir", pregava o poeta.

As águas oleosas dos navios atracando no país exalavam liberdade. E o que dizer das formas avantajadas, generosas, de atrizes italianas ou indianas na tela arranhada do principal cinema popular, invadido logo que a noite estendia seu manto de sombra fresca na concavidade sufocante dessa cidade?

Tudo isso foi bem antes do dilúvio.

Em seu delírio irênico ele se recordara da lenda da ogra, aquela que dá e tira a vida; ela não estava sozinha como ele nessa margem indeterminada? Ela tinha o oceano como fronteira e o céu como único universo. Os homens que a venceram acabaram depois comendo uns aos outros, como lobos. A loba não era a mãe de Roma?

Ele se punha de pé um pouco sombrio, observava o céu escuro semeado de cristais uniformemente cintilantes e, antes de se deitar, dava uma última olhada no oceano extenuado, empurrando as ondas derradeiras, fracas, estéreis, desprovidas de seu diadema de espuma. Resignadas, elas abraçavam a areia imóvel, imutável, indiferente às suas carícias desajeitadas. Um caranguejo atordoado, surpreso, expulso de seu buraco detrás de uma pequena rocha preta, titubeava sob as investidas das ondas lascivas. A noite o engoliu.

Contava-se, no tempo dos Anciãos, que Deus, em um dia de cólera, havia ordenado ao mar que jamais ultrapassasse seu limite natural para não angustiar os homens.

Primeiro havia a ogra, a besta surgida do Portão das Lágrimas (Bab al-Mandeb); havia a palavra salvadora contra o triunfo do esquecimento, a amplitude do silêncio.

Desde os gregos que visitaram essa região há vários séculos até as atuais ditaduras das repúblicas afundadas na areia, os chefes de mercenários e outras cabeças coroadas tinham se obstinado ora em emparedar os povos no silêncio mais obsessivo, ora em lhes tirar a mordaça por conveniência, para em seguida sequestrar suas paixões e seus desejos mais compartilhados. Mas ele não tinha guardado na lembrança esses dias de monotonia, de humilhação e de luto? O passado estava truncado demais para emergir dos arquivos de sua memória? Por que esse silêncio?

Ele navegava no oceano sentado em uma folha de nenúfar. Áden está adiante, mas não é tampouco o Éden. Ele navegava... A ogra tinha passado por lá: depois, tudo é fome e anarquia, guerra e divisão.

A RAIZ DOS TROGLODITAS

Entre a península do Sinai e a ilha de Socotra, é preciso aceitar uma natureza em que os homens são verdadeiramente estranhos: eles não podem nada, seus anseios, seus desejos não abalam a permanência do deserto.

PAUL NIZAN, *Áden, Arábia*

Um viajante estrangeiro chega no país dos trogloditas, um povo estranho. Demonstra seu talento de animador público. Gosta muito de se imiscuir nos assuntos da cidade que subsiste bom ano, mau ano; é um prosélito da política, um formalista do protocolo, um tribuno claustrofóbico que experimenta muitos tormentos e tribulações desde que começou a pregar às multidões com seus discursos enfadonhos, volúveis.

Mas o que ele espera? Uma auréola de glória?

Perda de tempo nessa terra de trogloditas. Esses homens pérfidos, curvados por conta de labutar em buracos escuros. Autênticos morcegos. Verdadeiras corujas. Esses homens de mãos duras e rachadas vegetam na mediocridade de uma vida sem brilho com incontáveis esperanças desperdiçadas há muito tempo. Vivem lentamente a morte na alma. Alguns, ao que parece, raramente viram a luz do dia. A maioria se aventura sob lampiões de luzes difusas cor de topázio para jogar jogos primitivos. Logo que anoitece, os trogloditas saem de seus buracos para respirar, perambular por espeluncas e tabernas de outro tempo, onde um cantor infeliz emite um gemido lânguido. Os olhos deles não estão habituados nem à luz intensa do sol imponente, nem à verdade fulgurante. Por isso odeiam os tribunos, os alto-falantes e as velhas loquazes. Por isso detestam os jogos de salão, as quermesses políticas e as assembleias no campo. Em suma, para os trogloditas, vegetar é viver e a luz é sinônimo de morte. No início era o silêncio dissimulado que favoreceu a surdez e o servilismo durante duzentos anos de colonização.

Os trogloditas destroem sistematicamente os cupinzeiros para se nutrirem dos insetos; e também porque abominam as formas pontiagudas, cônicas, fálicas dos formigueiros que consideram insultantes, essas formas que lembram de certa maneira alguns de seus totens detestados, que se parecem mais com as esculturas da Ilha de Páscoa.

Fagu significa em sua língua "mau deus", mas igualmente "cupinzeiro" e "lixeira". Ao contrário, *fabu* se traduziria, não sem hesitação, por "bondade divina", "cavidade escancarada", "menestrel", ou ainda por "êxtase absoluto". Tudo isso aparece em seu calendário profano. No firmamento dos trogloditas *fagu* e *fabu* esbarram-se eternamente, enfrentam-se a cada vinte dias (um ciclo tanto religioso quanto social e político) e *fagu* sempre leva a melhor sobre seu alter ego. Seguem-se longos silêncios, ruminações, traições e sacrifícios que devem marcar o fim desse ciclo. Todo bom troglodita vai se modificar, ou seja, vai mudar de opinião política, de relações, de profissão, de religião e, muitas vezes, até de família após cada ciclo. É comum um troglodita trair seus parentes mais próximos a cada vinte dias para salvaguardar sua reputação e seu status social. Não é raro que também mude de buraco, de cavidade, de gruta para outro buraco, outra cavidade ou outra gruta idêntica em tudo à primeira apenas para renegar seus camaradas de ontem. Era próprio dos trogloditas serem incessantemente mutantes, camaleões imprevisíveis? Por que costumes tão estranhos?

Atribuem-se essas bizarrices, essas estranhezas aos seus hábitos alimentares ou, mais precisamente, a uma raiz suculenta que sugam ao longo do dia. Eles praticam essa sucção em grupo fechado ou dispersos nos recantos de suas grutas, onde reina uma atmosfera sufocante, mortífera. Sucumbiram ao encantamento dessa raiz há setenta anos pelo gosto da feitiçaria. Uma raiz tão singular e maligna que os adultos perderam o hábito de fornicar e as crianças, em vez de brincarem como crianças, assumem expressões lúgubres de esposa abandonada. Com uma insolência exemplar, os trogloditas de uma nação vizinha mais ardilosa e não menos milenar fornecem essas raízes suculentas que lhes rendem somas gigantescas. Esse tráfico bastante lucrativo cresce ano a ano, totalmente impune, em prejuízo dos trogloditas mais sagazes que não enxergam além da soleira de sua gruta. Um punhado de trogloditas meio rastaqueras enriqueceu no negócio de raízes açucaradas que provocam cárie nos indivíduos saudáveis e nos doentes desse país lunático. A empresa comercial se vale dos serviços de um séquito de proxenetas, um exército de carcereiros, uma multidão de poetas-aduladores, assim como de uma dezena de cartomantes que tiram as cartas para eles a cada vinte dias.

Por causa dessa raiz suculenta e soporífica, e sobretudo por causa de seu comércio, os trogloditas vivem em desavença entre eles. Tornam-se carrancudos, insultam publicamente uns aos outros, soltam lamentos e, para o cúmulo do desespero, faltam canções alegres.

Em um passado não muito distante, esses trogloditas eram pastores ferozes e orgulhosos que peregrinavam com seus rebanhos em busca de erva fresca na savana. Eram temidos por seus inimigos — matar era um esporte para esse povo belicoso. Hoje carregam nos ombros a tumba conturbada de um passado grandiloquente. Decaíram a ponto de um obscuro professor estrangeiro do ensino primário se orgulhar de ter escrito a primeira história deles, intitulada *Crônicas subterrâneas*, assim como uma pequena geografia ilustrada. Os trogloditas, em nossos dias, não celebram nem batismo, nem aniversário, nem óbito, nem casamento. Sua memória se fossilizou, sua história congelou:

"Um povo sem pés nem cabeça é como uma planta suculenta sem raiz", diz um de seus provérbios que depois caíram no esquecimento.

Os jovens trogloditas imitam os mais velhos que só se casam com suas primas ou com as filhas de seus amigos próximos, que geralmente são seus primos.

Sobre os clãs, tribos, famílias e outros vestígios de uma organização étnica muito antiga, implantaram-se os grupos de pressão, as corporações econômicas, os interesses financeiros e as categorias sociais recentes. Há os novos-ricos, os bem-sucedidos, os arrivistas, todos avaros e arrogantes. Há os antigos mestres, os sultões de outrora hoje cegos e acamados. Há uma minoria caolha no poder. Enfim, a massa de trogloditas, essa está cega, surda e muda ao mesmo tempo.

Para um olhar estrangeiro como o de nosso viajante, não é fácil classificar, compilar, fichar ou catalogar os trogloditas com base em seus sinais exteriores, pela simples razão de que há uma infinidade de impostores: uma teoria de cegos-surdos-mudos que querem se passar por cegos apenas, cegos que garantem ser unicamente caolhos (como a minoria no poder), e surdos-mudos que fingem falar. Aqui, todas as situações se cruzam às vistas de todos.

Além disso, os trogloditas possuem essa particularidade que faz deles os campeões de todas as categorias de lamentações misturadas, os profissionais de queixas e de gemidos. A gruta mais extensa do país foi batizada de Corte das Lamentações. O grupo de jazz mais conhecido tem um nome terno: Chorões da Noite. Nessa terra os velhos não param de envelhecer, as virgens estão desoladas porque não encontram mais um jovem troglodita adequado para elas.

Nas aberturas das cavernas, as ossadas de ratazanas, o principal alimento além dos cupins, empilham-se até tapar grande parte do espaço cavernoso. Dali exalam eflúvios que, entre nós, matariam o comum dos mortais.

Mas o que podem os maus odores contra os trogloditas emparedados em seus buracos, cegos, surdos, mudos e desprovidos de olfato? A própria natureza fica contrariada por trazer em suas entranhas uma tal horda. Por isso não caiu uma única gota de chuva desde a eternidade das eternidades. Por isso o sol decidiu não se levantar mais no reino dos trogloditas. Eis porque eles vivem na sombra de suas sombras. Eis porque se tornam os fantasmas de seus fantasmas.

CORPOS EM EBULIÇÃO

A verdade é corpo.
NURUDDIN FARAH, *Mapas*

Palavras escorridas, brasas decompostas, dioritos expulsos de lábios escancarados, tochas de carícias quando desmorona o chumbo de um mutismo brutal, e o corpo procura sua voz como um linguado subindo de volta ao estuário.
ASSIA DJEBAR, *L'Amour, la fantasia*

Ele. Ela. Ela nele. Ele fala e fala. Ele e ela estão diante da multidão. Ela se dedica muito, se agita e crepita. A hora da desconfiança?... Aguarda-se o que vai nos dizer. Ela se decide a contragosto, acusa todo mundo, volta atrás e desculpa o plantel político muito frágil no país.

Ele. Ela. Ele nela. Quantos outros ainda? Desde quando a coisa pública se presta à epopeia do casal em nós? Ele fala e fala. Cabelos desgrenhados acima do atril. Terno branco e óculos escuros de conspiração. Voz trêmula de andrógino.

Não se satisfaz as pessoas com vagas promessas de poços a serem perfurados no atoleiro da espera. Elas não se iludem com juras piedosas nos corredores da protelação. Voltem na próxima semana, precisamos de jovens diplomados, dinâmicos e motivados. O senhor ministro está ausente. Vivemos no espaço imolado há muito tempo.

Ele. Ela. Ela nele. Ele fala e fala. Ela lambe seus lábios de coral. Corpos em ebulição; o que a natureza nos permite ver agradavelmente: flores de agaves no êxtase da cópula arborescente.

Ele resmunga palavras quase inaudíveis. Ela suspira profundamente. Roçar de tecido — prelúdio de uma fúria terna. Um joelho nu sai de baixo do lençol. Estertores na cama e vazio na noite. Um quarto de lua monta guarda.

Ele resmunga:

"Falo da ferida não cicatrizada."

"Eu sei, eu sei", murmura ela com sua voz dental.

Diante da multidão ele exclama:

"A ferida aberta e pútrida do nosso país é, na verdade, o tribalismo!"

As pessoas batem os pés de impaciência. Ele não diz uma palavra sobre as preocupações do momento: a mobilização que se pretendia geral, os poços envenenados por toda parte, a necrose estatal, os corredores da tortura, as cicatrizes do solo, os sistros da morte, uma minoria marginal insurgindo-se a favor da realeza, os filhos rebeldes da poligamia frenética afundando no barril de pólvora, surdos às palavras da razão, e a nostalgia dos nômades cujo espaço foi confiscado, e o destino que continua a persegui-los com suas garras, e a ossada da história recente como a Guerra de Ogaden, os refugiados da Etiópia, da Eritreia, da Somália mutilada, e aqueles que são chamados de "rebanhos extenuados" e... Raras são as vestais no azul do tempo, os sibilos da alma...

Ele nela. Nádegas contra coxas. Passagem estreita na noite. Tudo ali é vazio impossível de preencher, dor e desejo. Ele nela na imensidão do instante. Corpos tatuando o nadir no quarto escurecido. O primeiro corpo ferido, fissurado: ranhuras da epiderme, momento de perdição, passagem para um outro mundo, outra epiderme, estremecimento até no dedão do pé. Rosa aceita, corpo fissurado.

Fugida do sol no país do sol. A multidão se embebe de promessas. Gotas pingam nos rostos. Ele acusa. Onde até mesmo a administração colonial havia em parte fracassado, notáveis conseguiram transformar o país seco em bordel organizado, lupanar improvisado sob uma luz topázio, e as moças (jovens) em deleite para cabos em sentinela. Os legionários a passeio fisgam as peças selecionadas nos bares mal afamados sob o olhar das matronas e com fundo de música militar vagamente oriental... E a esperança incinerada desde os primeiros dias... e os pastores indo procurar seu rebanho (sem Kalashnikov por favor, sim, como outrora)... e um professor explicando aos seus alunos:

"Chamo de ópera mesquinha o produto de uma decepção que tem seu nervo sensitivo mergulhado na educação. Na verdade, somos criados com o objetivo claramente determinado de um dia sustentar nossos irmãos, nossas irmãs, nossos pais, a grande família e — por que não? — parte ou a totalidade do clã. No entanto fomos largados na selva civil sem um tostão, e somos condenados (eu já e vocês em breve) a representar para todos a ópera mesquinha — alimentando a ilusão de que algum dia serviremos para alguma coisa. Um dia? Que dia? Falta trabalho na arena sufocante, os tigres rondam diante das portas, atenção aos recém-nascidos, eles têm menos chance que os mais velhos... e sempre à espera: um navio incendiário isolado em um oceano de gelo... atenção aos recém-nascidos, o Grand Guignol ronda (logorreia, gestual desenfreado, alunos fatigados)... encontrar o que comer, fazer seu buraco no céu, sim, meus alunos, falta trabalho, e a pretensa felicidade profilática do partido único... o país segue desmantelado..."

Ele. Ela. Ele nela. Ele fala e fala diante da multidão sonolenta. Ela olha para ele languidamente. Ele, um jovem no vigor da idade, Apolo de lábios rubros. Ela teria escapado de um harém do interior.

O antigo chifre da abundância tem nostalgia dos bacanais de antes de Mohammed. Banhos quentes e peles untadas com gordura animal. Alcovas e prazeres quase incestuosos sobre peles de carneiros. Palavras refratárias de enéadas. Ofertas de nádegas tentadoras e exigência de carteiras bem recheadas. Na baía de Abissínia as moças geralmente são belas e Belzebu reagrupava seu bando. A terra arquejava sob um vulcanismo nascente.

Ele. Ela. Ele e ela na cópula ensurdecedora. Não era a voz dela, poderíamos achar que era do homem e vice-versa. Eles são em mim. Eles são eu, o andrógino de olhos de azeviche e olhar místico.

O MISTÉRIO DE DASBIOU

Todos nascem loucos,
alguns permanecem.
SAMUEL BECKETT

Uma história rocambolesca circula em todo o país. Em Dasbiou, pequeno vilarejo tranquilo e modesta estação de trem da linha Djibuti-Adis Abeba, o céu é sempre azul — é o eterno verão, mas os habitantes não falam de outra coisa. Os veneráveis anciãos que conversam serenamente na frente do Café Goffané, na praça da estação, não sabem mais a que santo (a que *sayid*) recorrer. Os alunos da escola primária de Dasbiou, outrora intrépidos, não se dignam mais a jogar futebol no terreno baldio próximo da residência de cores reluzentes — bistre, açafrão e vermelho vivo — e com eufórbias gigantes do delegado adjunto. As donas de casa, habitualmente tão ávidas de fofocas, mostram-se avaras de comentários. Vez ou outra, uma delas ergue os braços para o céu invocando não sei que divindade. Ninguém se arrisca a se pronunciar publicamente sobre a origem do mal, e em família ou entre amigos as línguas não estão muito soltas.

Rayaleh Abaneh, o decano de Dasbiou, que não é poeta, custa a crer. Parecia um sonho. Isso é impensável. Que história absurda! Em pleno país issa, não, nunca se viu isso! Desde o aparecimento do trem, é o que acontece, coisas incoerentes. Rayaleh Abaneh decidiu convocar um comitê de sábios para sexta-feira, ou seja, exatamente uma semana após o incidente.

"Segundo a tradição, é preciso reunir os quarenta e quatro maiores sábios em caso de acontecimentos extraordinários. Que venham de todo o país, do entre-dois-mares,[2] que venham todos!... Ah, não esqueçam de dar uma palavrinha com Sua Majestade Ogass, que Deus proteja sua venerável pessoa."

Assim, há dois dias, o decano Rayaleh Abaneh dava ordens precisas aos seus jovens adjuntos: Dirir, o professor do ensino primário, Saad, o empregado do correio, e Guedid, o vendedor de khat. Este último, como grande viajante, foi encarregado de informar os sábios residentes na parte ocidental do país. Ele tomaria o primeiro trem e só pararia nas cidades ou vilarejos onde vive um dos quarenta e quatro sábios, como Aïchaa, Hadagalla, Harawa, Milleh, Chinileh, Awash, Hourso... Dire-Dawa, local de residência de Sua Majestade Ogass.

Os dois companheiros, Dirir e Saad, ficaram com a parte fácil. Tinham como missão atravessar a República de Djibuti e suas principais cidades: Ali-Sabieh, Dikhil, Tadjourah, Obock, Arta, Ouéah e finalmente Djibuti, a capital.

2 Espaço compreendido entre a costa do Mar Vermelho (de Djibuti a Zeila) e o rio Awash, área de predileção dos issas. (N. da E.)

Eu já tinha dito que todo o país tinha os olhos voltados para Dasbiou que, indiretamente, despertava um novo interesse?

“Dasbiou! Dasbiou! Que belo nome!”, exageravam os habitantes da capital, muitos dos quais ignoravam até mesmo a existência desse povoado isolado como um acampamento árabe. Como uma pedra na lua.

Sexta-feira, como previsto, os quarenta e quatro sábios estavam todos presentes no tão esperado encontro. Todos se mostraram desejosos de passar às coisas sérias. Basta de salamaleques, é preciso se ater à tarefa! Muitos chegaram de trem, outros de ônibus fretados especialmente para a ocasião. Dois ou três vieram à frente de suas caravanas como no passado. Outros ainda se arranjaram com o único meio disponível, isto é, a pé. Por fim, um deles, antigo trabalhador imigrado nos países do Golfo, como bom homem de negócios apressado, desembarcou de seu helicóptero particular. Os quarenta e quatro sábios apresentavam, em sua maioria, uma bela barba ruiva devido à hena (que não é mais o apanágio das mulheres), tinham sessenta e tantos anos e se distinguiam por um conhecimento ilimitado dos usos e costumes. Dizia-se que veneravam a harmonia secular entre o mundo visível e o outro mundo, o invisível, desconhecido ou simplesmente esquecido pelos mortais. Assim, os quarenta e quatro sábios encontraram o *okal* de Dasbiou, o muito respeitoso e não menos sábio Rayaleh Abaneh, e se reuniram em assembleia sob a famosa árvore da Galileia, uma acácia obviamente. Rayaleh Abaneh, mestre de cerimônias, revelou, depois de um longo discurso protocolar temperado com punhados de salamaleques, o que se convencionou chamar de mistério de Dasbiou.

"*Alhamdulillah*! Começo pelo começo como manda o santíssimo *Kitab*.[3] Grandes sábios, abram bem os ouvidos e prendam a respiração, pois até hoje nunca ouviram relato semelhante, podem acreditar, dou minha palavra... *(silêncio)*... mas cabe a vocês julgar com base nas evidências."

A essas palavras, um dos sábios, Awaleh Absieh de Holl--Holl, creio eu, fez este comentário astucioso, posteriormente elevado à categoria de provérbio:

"Honorável sábio", disse a Rayaleh Abaneh, "se estamos todos reunidos sob a árvore da Galileia é porque raramente há chuva sem nuvens."

"Sim, há, na verdade, uma víbora sob o arbusto", aquiesceu calmamente o decano para retomar em seguida. "Compreenda quem puder: eis a história tal como Deus quis que ela ocorresse bem diante de minha porta, em pleno centro de Dasbiou e não longe da mesquita... *Subhanallah*, já não é um sinal em si?", prosseguiu levantando os braços em sinal de impotência.

Orelhas em pé, olhos na linha do horizonte, os sábios ouviam Rayaleh Abaneh, aliás um excelente contador.

"Um jovem beduíno de meu clã, Jilaal Okieh, vem a Dasbiou para visitar seu irmão Assoweh, um funcionário, pelo que dizem, íntegro e figura notável da cidade; até aí nada de estranho. Jilaal é um jovem que não tem história como vocês e eu, é cameleiro, celibatário e homem de Deus. Uma vida de peregrinações atrás de sua cáfila de dromedários, uma vida de privação certamente, mas também uma vida de poesia e liberdade..."

Rayaleh Abaneh pigarreou e prosseguiu:

3 *Kitab* significa "livro" em árabe. Aqui, refere-se ao Alcorão. (N. da E.)

"Jilaal é um bravo cameleiro, um valoroso guerreiro feliz de levar uma vida de asceta a exemplo de nossos ancestrais..." Fez uma pausa, pareceu que buscava as palavras, e após uma curta interrupção se pôs a falar sofregamente:

"Só que, desde que pôs os pés em nossa cidade tranquila, não foi mais o mesmo; Jilaal foi enfeitiçado por um djim, podem acreditar, ele apresentava os mesmos sintomas que Aïdid Sanbour, aquele que morreu sufocado. Mal começara a procurar o irmão sentiu, pelo que dizem, sinais de cansaço, de irritação. Sinais de sufocamento também. Achou que deveria dormir, nem que fosse só um cochilo, sob o velho loureiro na frente da estação de trem. Após uma sesta reparadora iria para a casa do irmão Assoweh, de sua esposa Ambaro e seu filho caçula, Diraneh."

Não longe dali, a alguns metros da assembleia, os moleques do vilarejo brincavam de polícia e ladrão. Os primeiros, com maxilares de carneiro na mão à guisa de pistolas, gritavam para os outros enquanto corriam atrás deles:

"Parados! Parados! Mãos ao alto!"

Nesse momento, Rayaleh Abaneh mantinha os sábios na expectativa:

"Imaginem por um instante o que vem depois... Não, não, não digam nada, vocês não vão acreditar em mim... ah... então: Jilaal, ao despertar, não sabia mais uma palavra de nossa própria língua. Não acham isso estranho?"

Murmúrios se elevaram aqui e ali. A plateia estava visivelmente perturbada. Muitos, não conseguindo seguir o fio da ação relatada pelo *okal*, ruminavam um rosário de interrogações.

"Você quer dizer que ele havia perdido o uso da língua?", arriscou-se um sábio de cabelos grisalhos que tinha sido *tirailleur* durante a última guerra colonial.

"Honorável sábio, eu nunca disse isso; é que Jilaal não fala mais a mesma língua que todos nós. Mas falar ele fala, e de modo bem estranho!"

Que um patriarca issa se lembre, nunca houve mistério maior: quem tinha conhecimento de um beduíno em idade de se casar subitamente acometido por um mal inacreditável que o faz esquecer sua língua materna? A única que conhecia. E que diabo de língua ele fala no lugar dela? Ele que nunca tinha frequentado uma escola nem mesmo corânica!

"Por Allah Todo-Poderoso, que língua é essa então que o enfeitiçou?", bradou um sábio enfiado em um cafetã vermelho arroxeado. E Rayaleh Abaneh confessou sua impotência:

"Em Dasbiou ninguém compreende seu charabiá, inclusive Dirir, o professor do ensino primário."

Outro sábio, que até então resmungava pais-nossos com o rosário na mão direita, entrou na discussão, que agora estava animada:

"*Sallawaad*, é um sinal dos Espíritos! Por Abdul-Qadir al-Jilani, não se deve tratar essas coisas de forma precipitada! Esse homem é um possuído, palavra de devoto que faz suas cinco preces diárias!"

Turbilhão surdo na assembleia. Murmúrios subindo ao firmamento. Rayaleh Abaneh parecia ter perdido um pouco de sua eloquência. Por sua vez, os moleques do vilarejo continuavam com suas traquinagens.

Após a reunião dos sábios, o delegado adjunto de Dasbiou solicitou a ajuda de alguns amigos para esclarecer esse caso que atormentava os moradores do vilarejo. Um inspetor da polícia criminal enviado ao local revelou apenas em parte a chave do mistério. Esse funcionário, ex-aluno de etnologia da Universidade Católica de Gand, na Bélgica, conseguiu identificar a nova língua de Jilaal. Para o inspetor, não havia dúvida nenhuma: esse homem se expressava em crioulo. Como isso era possível? E por que não, em último caso, o afar, o amárico ou o árabe? De resto, isso era inconcebível, Jilaal nunca tinha posto os pés em uma grande cidade, crioula ou não.

O delegado adjunto, sempre tão ativo quando podia tirar proveito de um assunto de interesse público, mandou que viessem da capital todos os voluntários que falassem crioulo. Um martinicano, professor do ensino primário e franco-maçom, originário de Fort-de-France. Um fisioterapeuta guianense. Um cozinheiro da ilha de Reunião, de origem provavelmente tâmil. Um diplomata haitiano apaixonado pela poesia de Césaire e casado com uma filha do país. Um militar guadalupense, homem muito bonito, natural de Gosier. Por fim, alguns jovens que confessaram timidamente e meio envergonhados seu conhecimento vago na matéria.

O diagnóstico caiu tão seco como um boletim meteorológico: Jilaal se expressava perfeitamente em crioulo. Um crioulo rico e floreado, nem técnico demais, nem abstrato demais. No entanto detectaram algumas construções arcaicas, e mesmo anacrônicas.

"*Ici mêm cé komun Vauclin*", foi a primeira fala de Jilaal.

Muito emocionado, o martinicano teve o prazer de traduzir:

"É impensável! Ele afirma ser do Vauclin, uma pequena comuna da Martinica", acrescentou para ser mais preciso.

A multidão ficou petrificada. Rayaleh Abaneh, os olhos injetados de sangue, passou bruscamente a ameaçar:

"JI-LAAL O-KIEH, você vai ter de falar como todo mundo!"

Silêncio do interpelado que não era nem profeta nem poeta.

O martinicano, para se convencer, fez uma última pergunta:

"*Sa ou fé?*"

"*Moin la ka bé.*"

"Ele disse que está bem", retomou o tradutor entusiasmado.

"*Mwâ-ikô shuval, la ka galopé, mwâ veni la Matinik*", cantarolava Jilaal consigo mesmo.

"Venho da Martinica, galopei como um cavalo."

Sem ouvir mais as preciosas traduções de Wenceslas, o martinicano, Rayaleh, louco de raiva, cuspiu no chão e concluiu em um tom áspero:

"Esse homem está louco!"

"Louco! Louco!", repetiram em coro os sábios que não eram tão cândidos.

"Louco! Louco!", replicou a multidão.

O interessado, sem captar uma palavra sequer das perorações deles, continuava a cantarolar:

Shuval la ka galopé
Shuval la ka kuri
Shuval la ka volé
Mwâ shapé adâ soleye
Muâ volé â la nuit...

O conselho de sábios não tinha mais razão de ser. Os patriarcas retornaram às suas preocupações. O delegado adjunto recebeu a colônia crioula sob seu teto. À mesa, Wenceslas, à parte, parecia mergulhado em seus devaneios linguísticos. Após uma breve troca de gentilezas, eles se foram tão discretamente quanto haviam chegado umas cinco horas antes.

Em Dasbiou, a vida voltou ao normal. Exceto que na praça da estação, na frente do Café Goffané, Jilaal Okieh cantarola seu sempiterno monólogo:

Lagié mwé, lagié mwé,
Vauclin sa paï
Matinik sa paï mwâ
Mwâ chéché soleye...

(Me deixem, me deixem
Vauclin é minha comuna
Martinica é meu país
Eu procuro o sol...)

O CORIFEU DA COLÔNIA

O mais provável é que sempre se vá
para onde não se deseja ir
e que sempre se faça
o que não se desejaria fazer,
e que se viva e morra
de modo bem diferente
do que jamais se desejaria
sem esperança
de nenhuma espécie de compensação.
ARTHUR RIMBAUD

Gastien Moteur é um homem empreendedor. Ele se diz construtor na linhagem direta de Ferdinand de Lesseps (seu eterno herói depois de Cristo). É escoltado por um rapaz de cabelo ruivo, rosto sardento e ombros largos demais para a cabecinha de esquilo: seu assistente de longa data e seu bode expiatório. Em Bordeaux, as ideias formigavam na cabeça de Gastien a ponto de ele não fechar mais os olhos; o que não devia agradar sua esposa. Odette é uma morena alta bem rechonchuda, sem gostos particulares a não ser as lembranças de seu Morvan natal que traz consigo.

Desde que chegaram em nossa terra — algum lugar nos trópicos, na linha que vai da Guatemala à Ilha de Guam no Pacífico passando pela chamada Guiné Francesa, o Gabão e o Cabo Gardafui —, eles se empenham em mudar nossos hábitos, aparentemente sem sucesso. Gastien jurou a si mesmo sanear nossos costumes atrasados, arrancar a graxa (segundo sua expressão habitual) de nossa cabeça. Diz que tem milhares de projetos a serem concretizados unicamente para o nosso bem-estar. Nosso país se presta a isso porque é virgem como a pele de um recém-nascido, imaculado como a película cerosa que reveste um fruto maduro. O país é rico em matérias-primas e livre de concorrentes com quem bater de frente, diz ele.

Não tinha trazido na bagagem alguns livros indispensáveis para a realização de seus inúmeros projetos? Bem mais tarde vi com meus próprios olhos um manual de bricolagem, um missal, um livro de culinária, um pequeno dicionário ilustrado e os inseparáveis álbuns de fotografia da senhora Odette. É tudo. Na verdade, suspeito que Gastien nem sabe ler direito. Ah, juro a vocês, se ele lesse mais, minha vida toda seria diferente. Decerto eu trabalharia muito menos. Aliás, por que ele não vai caçar suricatas como seus concidadãos?

"Você, Zoko", costuma dizer me apontando o dedo indicador, "você não é como teus outros irmãos, hein meu pequeno Zoko-Zokomotiva... não te falta juízo..."

"Sim, meu senhor", gaguejava eu.

"Me escuta Zoko, você é mais esperto que os outros, só que te falta o essencial, a educação..."

"Sim, meu senhor", respondia maquinalmente.

"O homem, como eu já disse ontem na hora do aperitivo diante de toda a colônia europeia presente na casa do padre Urbain de Frouville, o homem é noventa por cento coragem e dez por cento coração. É homem aquele que ousa. Audácia, ponto-final. O resto é literatura..."

"Sim, meu senhor."

"Mesmo assim todos concordaram comigo, até o padre Urbain, que se diga. As mulheres me aplaudiram, Odette em primeiro lugar. Não é lisonjeiro? As mulheres também aplaudem no teu país?"

"Tem razão, meu senhor."

"Eu disse ainda que se este país é hoje o que é, isso se deve a homens como eu. Noventa por cento coragem e dez por cento coração, o que é preciso é bravura!"

"Sim, meu senhor."

"Vai, meu pequeno Zoko, vai me buscar minha bebida e chama o senhor Raoul Prudhomme, tira ele da cama. Ele deve estar se pervertendo lendo bobagens."

Saí então para buscar o assistente do senhor Gastien. No caminho, avistei a senhora Odette na varanda exibindo o álbum de fotografias para a criada, a encantadora Dahabo de olhos de madrepérola. Desde sua chegada, a senhora Odette, para desgosto do senhor Gastien, não para de remoer o retrato de seu Morvan, seus arvoredos acariciados pela bruma, seu solo úmido, seus bosques umbrosos, suas estradas sinuosas, suas capelinhas. Mas como ter uma ideia precisa da paisagem em fotos amareladas e envelhecidas pelo tempo e pela falta de cuidado? Eu, toda vez que ela me indaga sobre seu país, apelo ao bom senso: me fecho no meu mutismo habitual e deixo a senhora Odette sonhar. Ao contrário, essa doce e encantadora Dahabo enche-a de perguntas fúteis: "O que é um valezinho, senhora? O que é exatamente o Morvan? É sempre muito gelado no seu país?...". E Odette, toda trêmula, nó na garganta de emoção, fornece detalhes que não acabam mais. Ela vai se levantar, visivelmente revigorada pelo vivo interesse que seus relatos despertam em sua jovem e bela criada (cá entre nós, Dahabo me lembra as odaliscas de Matisse), e voltar com o atlas debaixo do braço para lhe explicar as latitudes, longitudes, os equinócios, os atóis, Vênus, a Lua e o fenômeno das marés. Elas passarão horas inteiras juntas conversando, desenhando desajeitadamente vales e rios. Vão rir muito também.

O senhor Raul estava lendo em sua cama *Os segredos do Mar Vermelho* quando cheguei até ele. Levantou os olhos esbugalhados como os de peixes grandes para me examinar de cima a baixo.

"Então, Zoko, vamos fazer mistério, o que tem a me dizer de tão importante? Raio que te parta!"

Decisivamente, eis alguém que não sabe o que significa ter paciência. Os anciãos do meu vilarejo o teriam amaldiçoado para sempre. No meu país, quando um homem diz à sua mulher: "Maldita, três vezes maldita" é a ruptura definitiva. Em meu foro íntimo, era difícil suportar que esse homem, ele próprio subalterno, falasse comigo em um tom tão arrogante. De uns tempos para cá, atribuo grande importância às sutilezas da linguagem. Queimo por dentro toda vez que alguém me falta com o respeito.

O senhor Raoul atravessou a soleira da sala de visitas, e eu o seguia como sua sombra. O senhor Gastien levantou-se, recebeu-o com um tapinha amigável e convidou-o para beber. É a hora em que o senhor Gastien se faz de engraçado seja rindo de nós ("pobres negros incultos"), seja importunando seu bravo e lúgubre assistente. Porém, com sua voz de estentor, jamais esquece, por assim dizer, de render uma homenagem fraterna à raça de construtores sem a qual — mais uma vez — esta terra não seria o refúgio de paz, o eldorado célebre por seus mares. Sim, senhor, graças à nossa energia esta terra é uma pátria salubre, um oásis calmo e doce! Amém.

Uma noite em que estava meio alto depois da sexta dose de rum, ele veio me fazer confidências. Estava com o semblante carregado como todas as vezes em que tinha abusado da bebida.

"Você sabe, meu pequeno Zoko, que posso te contar tudo. Você me autoriza, não é? Tenho certeza de que posso te contar tudo, meu pequeno Zoko. Não é à toa que você é o autóctone mais sabido que eu conheço, hein?" Silêncio. Ele respira forte. Voz de estentor de novo. "Então, estou reservando um pequeno pecúlio. Sabe para que vai servir esse dinheiro, adivinha pequeno asno? Para erguer uma estátua em meu nome no meu vilarejo na Gironda. Uma estátua de mármore com os dizeres: 'Em nome da Pátria agradecida, nossa comuna tem orgulho de colocar sobre um pedestal seu filho Gastien Moteur, explorador construtor morto no país dos bárbaros'."

Fiquei sem fôlego. Petrificado. Quer dizer que o senhor Gastien nutria sonhos de grandeza com as cores e a dimensão do Império. Será que tinha sonhado com um estande dedicado exclusivamente a ele na Exposição Colonial que acaba de se encerrar em Paris? Eu sabia que ele era meio louco, mas confesso que fiquei bastante surpreso com sua história de estátua napoleônica.

Da minha cozinha, eu os ouço rindo às gargalhadas. Gastien encabeça o grupo. Ouvindo esses risos que pareciam vaginais, não me surpreenderia que a senhora Odette, que tinha se juntado a eles, já estivesse meio bêbada. Quanto ao senhor Gastien...

O PINTOR DO MAR E O BEBEDOR DE VENTO

Habito indolentemente a ruína que sou.

LOUIS CALAFERTE

Um é pintor do mar por vocação, o outro é bebedor de vento por desamparo: ambos são desempregados. Badar e Dabar têm como amigo um escultor de sonhos tão maltrapilho como eles. Quanto mais se veem, mais deixam de ver o resto da sociedade. Os outros estão mobilizados para defender o país. A guerra incivil devasta tudo ao redor. Mas Badar e Dabar não concordam: e com razão, estão acima dos outros. Um é pintor do mar, o outro bebedor de vento. Balbuciam na privacidade de suas preocupações. Ocupam-se com o objeto de sua criação desde as luzes do amanhecer até o cair da noite. O escultor acompanha a trajetória artística deles com um olhar vigilante e um tanto hedonista. Dá lições de dignidade aos dois camaradas: uma camisa limpa, uma postura impecável, um sorriso agradável, uma comunhão total com a vizinhança... Quem apostaria nas criações de Badar e Dabar?

Eles evocam essa dor compartilhada que se enraíza no desespero. O país está transtornado. E esse outro que telefona do Canadá sempre que está embriagado, sempre que bebeu até não poder mais. E esse intelectual em semiconsciência que fulmina contra os atavismos petrificados de sua sociedade, que resmunga uma vida abortada, um meio-sonho, um sussurro de vida, uma vida tostada sob o sol patriarcal. E a lua calva que sorri maldosamente, a lua de olhos cor de açafrão.

O bebedor de vento compôs um esquete, ou um sainete como diz, intitulado *Étude du khat en ré mâcheur*.[4] E ninguém entendeu nada, nem sequer o pobre joguinho de palavras. Pobre bebedor de vento, ele que ambiciona escrever um réquiem para o décimo quinto aniversário do país! Raio que o parta! Por que compor já que ninguém vai ouvi-lo? Por que arruinar sua saúde? Basta chorar sua cota de lágrimas se, no entanto, estiver triste. De resto, um monte de gente está triste aqui (e em outros lugares). Ele só tem de percorrer o labirinto, só tem de arrastar o pé até a cama para dormir até morrer de morte natural.

O escultor trabalha em pleno centro do bairro. Talha grosseiramente troncos recalcitrantes. Mais tarde, dará forma a uma série de bustos veneráveis. Ele gostaria de reunir todos os indivíduos que foram importantes nesse país. Escolhera sonhar útil. Enfrentaria a lua se fosse preciso para representar a leve umidade acidulada do eterno verão. Um traseiro aqui, um busto e uma curvatura ali, o contorno de uma panturrilha

4 O autor joga com a sonoridade próxima de *mâcheur* (mascador) e *majeur* (maior). (N. da T.)

ali ainda, e um peito despontando sob o tecido... Todos os rapazes do país estão vendo o dia sem enfeites nem floreios. Quem disse que se podia morrer de desespero? Seja como for, o escultor se torna útil nesses dias de guerra incivil. O escultor procura fazer bons negócios enquanto espera a paz. E o doce leite da paz.

Um é pintor do mar, o outro bebedor de vento; eles têm como único amigo um escultor de sonhos que sabe se tornar útil. São reservistas a meio-soldo que queriam devorar a vida vigorosamente. Mas o país tem a aparência extenuada de dias ruins. A guerra incivil tem ares de apocalipse sob o sol patricida.

Nos momentos graves da história, a palavra se decompõe, a certeza se decanta; ocupa-se do que é mais urgente, isto é, sobreviver, qualquer que seja o ambiente (mesmo que um ambiente lamacento em que a lua não brilha mais, em que o sol imperial não se manifesta mais). Não se deve esperar que Badar, Dabar e Nadar, o escultor, se retratem; há muito tempo deixaram de fazer palinódia. Eles são feitos de uma massa sincera. Simplicidade granítica.

"A natureza nos ataviou com um temperamento fogoso, temos a suscetibilidade à flor da pele", diz Badar mirando Nadar com desdém.

"O que você esperava, é o privilégio dos fracos."

"A corja de poderosos vive metida no orgulho, não é?", observa Nadar, debochado e pérfido ao mesmo tempo.

"'Quem peida não precisa soprar', como diria meu defunto avô."

"Chega de filosofar, Badar."

"Não estou filosofando, estou falando do modo como escrevem certos autores africanos que imitam Chinua Achebe."

"Não estamos nem aí para eles. Você tem de falar como Nadar e eu, e não como um velho livro editado pela Edicef ou patrocinado pela ACCT."[5]

"Quem se levanta não precisa pôr a bunda em uma cadeira."

"Quando você estiver de volta entre nós, vamos poder trabalhar", vocifera Dabar.

"Lembro que você tem um quadro para terminar", diz Nadar.

É claro que não é preciso falar igual, mas devemos então multiplicar as linguagens ao infinito? O país já é dotado de quatro línguas: duas oficiais porque estrangeiras (o francês pela notoriedade e o árabe pelo dinheiro do Golfo) e duas nacionais porque autóctones.

Em um pátio poeirento, detritos, cascalho e sucata se amalgamam e se fundem para formar blocos cor de carvão meio totens meio ferramentas. Nadar esculpe e Badar pinta enquanto Dabar observa fazendo perguntas.

"O que está fazendo?"

"Estou pintando"

"Pintando o quê?"

"Planaltos limitados por enormes fissuras no interior de planícies desmoronadas de outros planaltos e de cadeias basálticas."

"E o que mais?"

"Setenta por cento de umidade."

"Como assim?"

"Meu caro Dabar, meus quadros são vivos, eles respiram, aspiram e liberam gás carbônico assim como as esculturas de Nadar ou como você e eu."

5 Edicef é a sigla de Éditions Classiques d'Expression Française e ACCT a de Agence de Coopération Culturelle et Technique. (N. da E.)

"E o que mais?"

"De outubro a abril é a estação fresca (25 graus), de maio a setembro é a estação tórrida, insuportável até para os autóctones: 45 graus."

"Caramba! É um boletim meteorológico!"

"Melhor que isso, é minha pintura: um meio resplandecente de vida."

"E o que mais?"

"Então, digamos, chuvas raras e irregulares."

"Você vai me surpreender cada dia mais."

"Aí está! O quadro está terminado. Faça de conta que é um leiloeiro, observe-o com um olhar de especialista, não deixe escapar nada, nem a mensagem iconográfica, nem a emoção estética, nem mesmo a dimensão ideológica a posteriori da obra inacabada. Vamos, estou esperando um prognóstico, diga-me o que acha."

"Me deixe amerrissar primeiro."

"Rápido, um parecer."

"Decididamente, você vai sempre me surpreender; não estou vendo sua maldita pintura e de resto não sei nada de arte. Você me fala como um folheto turístico e me pede para julgar uma coisa invisível."

O pintor de pernas de baguete deixou de considerar seu amigo um crítico de arte. Eles retomam suas discussões de antes a respeito de matadores muito bem pagos, de braços armados que se erguem, de humanidade violada. Muito hábil quem conseguisse ler amanhã na palma da mão aberta de hoje. O céu se une à terra: escurece. A noite vai cair.

"Em todo caso, uma coisa é certa; somos o fracasso da metáfora e a frustração do autor." É Nadar quem ataca primeiro.

"Devemos por isso nos condenar à automutilação e ao silêncio?"

"Porém nada é mais reconfortante para o povo do que não ter nenhuma opinião. Essa é a verdade amarga."

"Rimbaud buscava um Eu que fosse Ele e Outro ao mesmo tempo. Já nós estamos à procura do Eu no Nós indiferenciado, não é Badar?"

"Nossas discussões ociosas são irrisórias aqui quando braços armados se levantam por toda parte. Os Pol Pot locais afiaram seus machetes há muito tempo."

"Chefes de turbante ou capacete, sósias de Hissène Habré, êmulos do afegão Massoud, cópias de Jonas Savimbi ou de John Garang, os Mad Max daqui se limitam a contestar o frágil poder dos chefes de clãs e outros avunculares."

"Mil temporadas no inferno. Vimos desfilar diante de nossos olhos mil temporadas infernais. Rimbaud só precisa repousar."

"Ele deve se revirar no túmulo ao ver o que se passa pela fresta de nosso país."

"Pare com esse seu Rimbaud, não temos nada a ver com o sujeito de Ardennes."

"E você, pare com sua risada pastosa de rã!"

"Você não acha que podemos nos permitir evocar Dante?", pergunta Nadar, que não perdeu em nada seu humor ácido.

"Com certeza, já habitamos o terceiro-mundo do terceiro-mundo."

"Sim, só temos de enviá-lo à fronteira com a Somália", foi ainda mais longe Dabar, sem descerrar os lábios.

CONTO DE FERRO

O mar é uma savana de água.
TCHICAYA U TAM'SI

Ela se estenderá em todo seu ser ao longo de 784 quilômetros. Atravessará desertos, planícies, savanas e planaltos. Um condensado de história. Ela se estenderá. Duas linhas de sangue paralelas ligarão dois países e mil paisagens. Uma gestação difícil: levará vinte anos antes de se tornar útil. Virá ao mundo em um dia de 1897 — primeiro em papel milimetrado. Enterrará os pisoteados da modernidade. Deixará o país da sede. Vai subir, subir, subir até 2.350 metros de altitude. Vai subir do mar calmo e azulado aos contrafortes invadidos pelo verde-escuro do eucalipto:

Ela atravessará o país real.
Ela atravessará o país sonhado.

Ela construiu a história desde o começo: empilhou as datas, as façanhas militares; compilou os êxitos, os fracassos.

Erigiu um castelo da memória onde cada clã, cada protagonista — engenheiros franceses, planejadores suíços, sultões afares, operários somalis, soldados abissínios... — vem fazer suas compras no self-service das lembranças. As estatísticas estavam do seu lado, cifras irrefutáveis, sólidas como o aço que a sustenta: 784 quilômetros de extensão, 2.350 metros de altitude, 1.355 pontes, 31 obras de arte especiais,[6] uma declaração de falência, muitas centenas de milhões em investimentos. Quantas vidas humanas perdidas? Não foram contadas.

Vão enfeitá-la com a placa: "Concebida e realizada pela grande engenharia francesa". Virão auscultá-la, fotografá-la, saber sua opinião sobre a psicologia dos autóctones, sobre os últimos efeitos do trampolim da história. Adoua, a "pacificação", as mil e uma conquistas do ogro abissínio etc.

Vão lhe atribuir irmãos mais velhos, tios da América vindos diretamente da fronteira e do Far West:

> Ela atravessará o país real.
> Ela atravessará o país sonhado.

Ela surgiu em um dia de 1897. Aterrorizou mais de um nômade mesmo que pouco impressionável. Os dois trilhos traçaram um círculo de Dante. Ela feriu o país real. Apenas um exemplo: no lugar conhecido como Jab Issa, guerreiros dessa tribo massacraram operários da ferrovia que insistiam

6 No jargão da engenharia, obras de arte especiais são obras de infraestrutura com projetos específicos, como viadutos, passarelas, túneis etc. (N. da T.)

em passar os trilhos pérfidos do monstro sobre o santuário de um ancestral venerado. A vingança das tropas coloniais fez jus à sua reputação. Foi necessário esperar três anos antes de retomar os trabalhos.

Ela vai transpor os leitos secos de cursos d'água desérticos. Vai escavar túneis nos flancos das montanhas de cor bistre. Vai calcular as crepitações de pedras explodidas sob a auréola de um sol fulminante. Tumefação. Vai comer o coração da região do quarto dia da criação. Putrefação. Os issas, atordoados, se verão subitamente com a bunda na poeira. Depois levantarão a cabeça — *Ciisow sarakaa*! *Ciisow sarakaa*![7] Reagruparão seus irmãos dispersos, lançarão rezus. Lançarão razias. O monstro será vencido por algum tempo. Um cartaz informará: "Trabalhos suspensos". Os autóctones se mostrarão inflexíveis. O sol defecará sobre as vísceras de aço do monstro em coma.

Capengando o canteiro ressurgirá. As fogueiras do acampamento estarão acesas de novo. Uma pequena lua virgem pedirá desculpa em lugar do astro solar. Os autóctones se desencorajarão. Suas caravanas ficarão de cara amarrada diante da concorrência trepidante e barulhenta do monstro metálico. Vão rogar a Deus em todas as línguas da região. Já Ilg e Chefneux, os dois planejadores europeus do projeto, se regozijarão. Ela continuará sua rota. Paris acompanhará com um olhar voraz. Causará surpresa a duração da calmaria. A pacificação terá servido de lição aos exaltados. Serão doados sacos de tâmaras aos nômades colaborativos:

7 "De pé, issas! De pé!" (N. do A.)

Ela atravessará o país real.
Ela atravessará o país sonhado.

Ela marcou o espaço. Mutilou a terra. Marcou os homens. Marcou suas línguas. Pequenos povoados floresceram em seu caminho como que para saudá-la solenemente.

O intérprete dos brancos disse:

"Venerável assembleia, os brancos não os querem mal. Eles pedem apenas um corredor em seu território: para assentar dois trilhos de ferro."

A assembleia ficou calada. O intérprete abriu as pernas e disse:

"Os brancos pedem este pequeno espaço compreendido entre as minhas pernas."

A assembleia ficou confusa. Metade reconheceu a insignificância do pedido. A outra metade continuou desconfiada, prestes a brandir as armas.

O valor da palavra dada recuou diante da velocidade da máquina. Os pólens da dúvida encontraram corações receptivos na região vizinha. O realismo voraz da companhia da estrada de ferro triunfou. O tamanho do transtorno para os velhos autóctones confirmou-se ao longo dos anos:

Ela atravessou o país bronzeado.
Ela atravessou o país pálido.

Ela continuará avançando. Deixará a minúscula colônia francesa à margem do Mar Vermelho. Tremores de terra provocados pela dinamite que escava túneis: a terra resistirá no país do Rift. Os dromedários zombarão do monstro articulado. Ela continuará avançando. Experimentará a paralisia na pequena planície da Galileia. Deixará Aïchaa. Experimentará a resplandescência do vazio na entrada da grande planície de Hadagalla. Desembocará do lado dos cupinzeiros.

A última formação de adversários ainda não deu a palavra final. Homens rastejando, punhal entre os dentes, atacaram os acampamentos. Engenheiros brancos pereceram sob a arma branca. Menelik, imperador da Etiópia, ficou contrariado. Suas expedições punitivas não deram trégua. Atmosfera insalubre de fim do mundo. Assim...

Ela atravessou o país bronzeado.
Ela atravessou o país pálido.

Ela deixará o deserto. Deixará a savana. A paisagem trocará seus ocres marrons por uma gama de verdes. Ela construirá a maior cidade da região, Dire-Dawa, no estreito entre duas montanhas. O céu ficará escuro. Grandes nuvens o encobrirão. Choverá como de costume: uma chuva tropical, rápida e violenta. Ela vai parar para recuperar o fôlego, recobrar as forças. Os operários se abastecerão.

Ela estremeceu à vista do primeiro rio: o Awash. Penou pelos lados de Awash (a cidade): o terreno é basáltico, a população afar, issa ou orgabo. Sofreu o martírio. Criaram-lhe obstáculos. O sol zombou de dia, as hienas ameaçaram ao anoitecer. Foi saqueada. Quase a levaram à ruína...

Ela atravessou o país inflamado.
Ela atravessou o país escarpado.

Rufos de tambores: ela chegará à apropriadamente chamada Nazaré. Vai atravessar os flancos sinuosos das montanhas Choa.

Menelik se regozijará. Paris suspirará. Adis Abeba, a nova flor do Império abissínio sempre conquistador, lhe sorrirá. Adis Abeba, a capital esplendorosa, deixará escorrer o suor dos operários. Uma pequena lua branca abrirá as festividades. Um dia imensurável: champanhe, vinho de palma, hidromel abissínio, sodas para os austeros muçulmanos. Tiros de canhão da guarnição de Entoto... A linha será inaugurada em 2 de junho de 1917. Viva a Companhia de Estrada de Ferro Franco-Etíope!

Ela transformou a noção de tempo e de espaço, o sentido da história. Impôs-se aos autóctones. Eles a chamaram de Firhun e Iblis. E, não podendo ignorá-la, a adotaram... com suas próprias palavras:

> O aço que avança (o trem)
> O ferro que o sustenta (os trilhos)
> E aquele que lhes responde (os postes)
> Que metais são esses então
> que invadem o país?
> Ele cospe, ele arqueja e ele fede.
> Mas com ele você queima distâncias.
> De manhã aqui e à noite bem longe
> No acampamento do seu clã na hora da ordenha
> Para partilhar com eles o leite
> ainda espumando.[8]

8 Esse canto beduíno, assim como a estrutura desta narrativa, foi tirado da reportagem do jornalista djibutiano Ali Moussa Iyé: "Le djibouto-éthiópien ou l'épopée du Far East" (*Autrement* nº 21, janeiro de 1987). (N. do A.)

II.
RETORNO

PÁGINAS ARRANCADAS DO PAÍS SEM SOMBRA

UMA MULHER E MEIA

Nossas mulheres são belas, é preciso mostrá-las.
Acaso se cobrem as rosas com véu?
KATEB YACINE

Marwo, uma jovem desgastada pela vida, fugiu da favela,[9] um grande fragmento de humanidade na imundície e no tédio rústico. Marwo fugiu do pai humilhante que quer entregá-la a um ancião desdentado. Fugiu da aversão do bode decrépito, fugiu das agressões de Chireh, o irmão mais velho, esbirro da polícia política, conquistador da violência crua, desfrutador diante dos corpos murchos de vítimas e grande esteta da tortura.

Marwo fugiu da cumplicidade do pai senilmente sereno, seguro de seu direito, e do irmão sátrapa e sátiro simiesco. Fugiu da indiferença da favela, das mães que a aconselham a se ajoelhar perante a vontade do patriarca. Fugiu de um destino amargo como fel.

9 No original, *bidonville*, literalmente "cidade de lata" ou "bairro de lata", traduzido aqui por "favela". (N. da T.)

Levantou-se nos postos avançados do dia, bem antes de o muezim ter soprado no seu saxofone mezzo-soprano e enquanto a luz ainda estava em germe no canteiro da noite. Essa alvorada é prenhe de esperança.

Aonde ir? Ela bate o pé de impaciência.

"Vou recorrer ao velho *askari*", diz a si mesma preparando-se para enfrentar a noite.

Deixo a favela desmembradora e desmembrada, deixo o depósito de fragmentos de vida, de silhuetas inconsistentes, a corja de matadores tossicando sobre prostitutas esqueléticas, a tribo dos sonolentos espalhados pelas ruelas-lixeiras.

Deixo o sereno que titubeia fugindo do sol impetuoso. Deixo a noite perfurada pelo dia, os rizomas tenebrosos.

Para quem fugir? Procurar abrigo com Haybé, o velho *askari*, o tio retirado no interior, o buscador da palavra sempre com apetite de sentido. Vou procurar uma vida nova, um aborto de vida, vou desenredar as águas da minha liberdade.

Haybé vai me tomar sob sua asa, me acariciar e me embalar como um recém-nascido. Haybé, a águia silenciosa, a rocha e a mineralidade do sentido, a bela constância da fé reencontrada, Haybé, o coração encantado, a palavra animada.

Marwo, alta estatura, quadril firme e anguloso, peito protuberante, é, de resto, uma excelente marchadora, uma maratonista anterior a Olímpia. Atravessou o deserto, depois o oásis seco, depois a savana coberta de cupinzeiros. Fez um trecho do caminho com contrabandistas, cameleiros que fazem esses périplos há séculos, os Simbad das areias com solas de vento. Viajantes que cansam até mesmo a terra, as miragens e as estrelas. Buscadores de horizonte. Silhuetas retas como "i", camelos orgulhosos e desconjuntados com espuma nos beiços. E a miscelânia da mercadoria: rolos de tecidos, barras de sal, bastões de incenso, pacotes de alimentos, de tabaco, caixas de munições...

Eles pararam para comer debaixo de uma árvore, uma acácia, uma árvore para os pobres. Devoraram arroz cozido e um punhado de tâmaras. Um tagarela fumava sem parar e aborrecia Marwo com seu estoque de perguntas:

"Flor de subúrbio, aonde você vai assim?"

Silêncio da interpelada.

"Olhos de ébano, o interior não é feito para pessoas como você. Você deixará aí pedaços de carne, farrapos, palavra de cameleiro! Ele vai endurecer seu coração de bebê. Antes das primeiras ondas da *jilal*,[10] você voltará à cidade para junto das pessoas do brilho falso, palavra de cameleiro!"

"Fiz bem de deixar as moscas zumbidoras."

Ela queria acrescentar que fizera bem de deixar igualmente a figura detestável do pai, mas se abstém sabendo que o cameleiro poderia denunciá-la sem o menor remorso. Por um maço de cigarros, com toda certeza ele a levaria de volta, pés e punhos amarrados, ao antro do pai. Não hesitaria um só segundo pois tinha convicção de seu direito de macho com bolas bem redondas. Por um camelo, ele a mataria sem pestanejar.

10 Estação das chuvas. (N. da E.)

Pois o camelo é tudo. Tudo o que está fora do rebanho é outro lugar, o longínquo desconhecido, os limbos do nada. O camelo é o padrão-ouro, o animal de mil nomes, o nó vital e foco de tabus. A camela é a moeda de troca, e o preço de sangue de uma mulher é de cinquenta cabeças de gado, ou seja, metade que o de um macho!

Será que Marwo vai empreender uma vida itinerante em contraste com a existência estagnada no cascalho da favela? Haybé sorri sensatamente, oferecendo a Marwo o espetáculo de seus dentes meio descarnados. Haybé tinha forjado uma hipótese original que explicaria a desigualdade entre os sexos na sociedade de ontem e de hoje. A crer em Haybé, é preciso remontar ao mito original e ao que ele chama de "a negociação primeira".

"Do que se trata, meu tio?", pergunta Marwo agitando-se como a tampa de uma panela no fogo.

"Esse é o mito ao qual acrescentei minha pequena fantasia pessoal; de resto, minha hipótese decorre do bom senso... Então: quando Waaq, o deus pré-islâmico dos somalis, nosso grande criador, deu ao Ancestral o camelo, o animal da vida no deserto, Waaq pediu ao Ancestral que sacrificasse a ele o que lhe era mais caro. E o Ancestral respondeu sobriamente: 'Vou sacrificar ao senhor um filho mais velho a cada sete luas'.

"E Waaq aquiesceu, desaparecendo em seguida.

"De volta ao acampamento, o Ancestral reuniu a assembleia de anciãos sob a árvore tutelar e informou o conclave sobre o pacto com Waaq. Mas a reunião foi tumultuada e se prolongou por oito dias e oito noites. Nem todos estavam de acordo com os termos e, evidentemente, não havia nenhuma mulher entre os anciãos.

"Adivinha qual foi a decisão que eles tomaram, minha pequena Marwo!"

“Não sei, meu tio, é você que sabe contar nos mínimos detalhes, não é?”

“Os homens em sua loucura tinham assumido o risco de mentir a Waaq e, em lugar de oferecer em sacrifício o filho mais velho do Ancestral, deram a filha caçula, uma criança que parecia uma estatueta com a cabeça do tamanho de um polegar.”

“Nunca tinha ouvido nada assim até hoje.”

“Isso não me surpreende de modo nenhum; há muito tempo os homens tinham tapado os orifícios femininos: boca e sexo costurados. Porém, sem suas mães, filhas ou esposas, os homens são palmeiras anãs no oásis sem viço; os homens são a escuma da poeira enquanto as mulheres são o húmus da terra.”

Marwo reconhece o tio, a busca da palavra, o gosto das parábolas, a supremacia de uma exigência moral às vezes estranhamente pagã. Haybé não vive com a imaginação, a mendicante de ruas anônimas?

Ela tinha fugido dos seres fragmentados da favela à frente dos quais reinam a autoridade de seu pai e sobretudo a soldadesca de seu irmão. Tinha escolhido o caminho inverso de todos os beduínos para quem o atrativo da cidade era gema preciosa. Tinha deixado a monotonia da favela. Tinha encontrado refúgio junto ao tio provedor de sentido, o mestre que — como ele diz — desbrava o doce futuro das crianças por vir.

BRASEIRO NO CÉU

Era a época ainda em que todo rapaz devia raptar a moça que lhe agradasse no acampamento de sua tribo e, se fosse preciso, até mesmo sob o teto de seu pai.

O pretendente devia assim arriscar a vida simplesmente para mostrar às pessoas a chama que corroía seu coração. Será que valia a pena?

Bogoreh estava no encalço da belíssima e graciosíssima Raïsso. Vinha estudando seu plano há mais de dez dias à maneira de um general em campanha. A disposição das cabanas e do curral no acampamento de sua dulcineia lhe eram familiares. O número de jovens guerreiros encarregados de proteger o clã assim como suas aptidões marciais eram suas maiores preocupações. Ele sabia que todos guerreavam maravilhosamente.

Bogoreh também era um guerreiro temível, um monstro de energia, de astúcia e às vezes de crueldade que já havia matado muitas e muitas vezes em combate. Contudo Bogoreh era orgulhoso como um pavão. Rejeitava os apelos de seu pai à prudência e os conselhos dos amigos que lhe sugeriam que esperasse o momento mais propício para sua empreitada:

quando todos os homens estivessem sobrecarregados com os trabalhos pesados do ano.

Estes últimos, após as chuvas, consistiam em reconstruir os poços, em partir em missão de reconhecimento à procura de novos pastos, em descobrir cursos d'água temporários reavivados pelas precipitações, enfim, em escolher as zonas que resistiriam por mais tempo ao sol abrasador. As pastagens primeiro ficarão amareladas e depois cinza antes de estalarem sob os cascos e definharem como pele descamada.

Antes ainda dos trabalhos pesados, os pastores iam vender parte do gado nos vilarejos vizinhos para comprar as provisões básicas (sal, açúcar, tabaco, chá preto, cereais...), mas também tecidos (geralmente de algodão) e, mais raramente, artigos da moda (sabão ou joias).

Bogoreh era um homem apressado. Não queria esperar o fim das chuvas. Não queria esperar os trabalhos pesados, os animais a serem vendidos, o leite a ser tirado, a carne a ser dessecada, o creme a ser batido para obter a manteiga clarificada... enfim, não queria esperar os trabalhos pesados que preparam para a estação das chuvas.

Não queria mais ser paciente. Isso porque, ao retornarem dos mercados de animais de Hadagallah ou Aïcha-la-bigote, os pastores traziam presentes para as moças virgens.

Era o momento de alegria. Moças e rapazes discutiam sobre futilidades até tarde nas noites de lua cheia. Danças. Cantos. Vigílias em torno de um braseiro. Lutas gímnicas. Contos e adivinhações. Esconde-esconde. A palavra reconquistava seu prestígio. Por toda parte alguém contava. Narrava. Declamava. Destoava. Improvisava. Os costumes marciais ficavam em segundo plano por um tempo... Atenção às líricas, pois as moças eram sempre sensíveis à poesia. Bogoreh batia os pés de impaciência.

Ainda ontem ele tinha visto Raïsso, radiante, à margem de um ribeirão. Habad, Khaireh, Miganeh e Dembil, os quatro irmãos de Raïsso, montavam guarda, protegendo a irmã de pele cor de âmbar: silhueta graciosa como que esculpida por um dos mais hábeis artesãos, pescoço delgado, olhar assustado de cerva. Raïsso não se dignara a lhe dirigir um sorriso. Quem ele pensa que é, esse cabrito? Cameleiro há bem pouco tempo e já se julga um homem de verdade? Esperando que Habad, o primogênito desmiolado, campeão do punhal, ciumento tenebroso, não viesse discutir com ele. Isso logo acabaria em tragédia. Esperando que Khaireh, o segundo irmão, malicioso, hipócrita venenoso, não incitasse os outros três a provocarem desnecessariamente o fanfarrão Bogoreh. Esperando que o vulcânico Miganeh, epígono de Habad, não embirrasse com ele. Esse aí, ele é verdadeiramente capaz de pôr tudo a perder. Ah! Dembil o mais novo, o mais sensível, Dembil meu preferido. Felizmente, ele não é homem de brigar à toa!

Pela graça do prodigioso Criador não houve querela. Os quatro irmãos tinham muito a fazer: dessedentar o grande rebanho da família. É possível que nenhum deles tivesse notado a pequena manobra de Bogoreh Foureh, filho de Foureh Obsieh Guireh — guerreiro e homem da palavra conhecido no país de pedras pretas — e de Khorane Robleh. Assim que os quatro irmãos e a irmã deixaram o ribeirão, o intrépido Bogoreh seguiu seus passos, mas mantendo uma certa distância para não chamar a atenção.

No acampamento, além dos quatro irmãos de Raïsso, havia o pai Idleh Miad, suas três mulheres, seus dezoito filhos, seus sete irmãos e as respectivas famílias. Os netos ali eram mais numerosos que pérolas de colar. Alguns dos avôs eram saudáveis como púberes; um deles, octogenário, se restabelecia das sequelas de uma picada de cascavel. No acampamento, havia também um menino vindo não se sabe de onde, de uma etnia bem diferente da nossa, mas que falava nossa língua como qualquer um de nós, incluídos os velhos.

Dembil é quem lhe havia ensinado na época os rudimentos de nossa língua. Desde então, Aptidon (tínhamos dado a ele o nome apropriado em tal circunstância) adotara plenamente sua nova identidade.[11] Dembil e Aptidon se entendiam em tudo: para brincar juntos, cuidar dos carneiros aos cinco anos, depois dos dromedários aos quinze, cantar nas noites de lua cheia, mexer com as moças...

Se Bogoreh tinha concorrentes sérios, era preciso ficar atento a Aptidon, que tivera o mérito de conquistar uma parcela considerável da tribo pela energia no trabalho, a disponibilidade, o lirismo nos dias de diversão e a coragem em combate. Além disso, Dembil seria seu mais fervoroso apoiador. Quanto aos outros três irmãos, não se sabia bem a opinião deles. Sobretudo a do mais velho, a quem cabia o direito de se pronunciar antes de todos os outros membros da grande família (logo depois do pai). Se por acaso Habad não se pronunciasse, então que se prevenisse! Mil anos de calvário. Infertilidade para ele e esterilidade para a futura esposa. Nenhum descanso aqui na terra. Nenhum descanso no outro mundo. Sem falar do seu rebanho que não pararia de definhar... Quem tinha dito que o mundo desmoronava?

Cochichava-se entre mulheres que Aptidon estava empenhado em juntar secretamente a soma necessária para se

11 *Aptidon* quer dizer, literalmente, “aquele que quer um tio materno”. (N. da E.)

apoderar da angelical Raïsso: olhos amendoados e corpo em forma de ampulheta. Que belo casal eles formariam! Não se contava com Bogoreh, que seguia febrilmente as pegadas de Raïsso, aparecendo e desaparecendo como o sol entre as nuvens.

Bogoreh não tardaria a passar à ação, mas por ora cercava sua futura presa de muitas atenções: sorrisos caninos e olhos — cor sépia — doces sempre que conseguia encontrá-la em meio à savana. Como toda sílfide, Raïsso mal fixava nele seus esplêndidos olhos em forma de rabo de linguado. Ela se sabia cortejada, ou melhor, quase venerada pelo guerreiro de dentes talhados em triângulo. O que dava a ela um ar altivo como a todas as moças do país.

Quando Bogoreh seguia Raïsso, concentrava-se nos tornozelos dela. Bem-aventurado o homem que iria saborear a carne crocante da pequena selvagem com seios mais firmes que pera madura, aspirar seus odores inebriantes, seu suor, plantar sua semente no emaranhado de seu jardim idílico e beber até fartar o néctar cor de opala na fonte entre suas pernas... Amém!

Era o tempo em que todo rapaz devia raptar sua futura cara-metade, em que a terra estava vestida com seu manto verde, em que a estrada de ferro não tinha feito sua aparição. Deus não era ainda esse cérbero que ameaça os homens. Bogoreh tinha exatamente vinte anos.

Braseiro no céu. Crepúsculo escarlate. As flores normalmente brancas ou diáfanas cobriram-se de pétalas de sangue. Na hora em que o porco-formigueiro sai da toca, em que um filtro de sombra — cinza ou bistre — encobre a paisagem, Bogoreh ousou infiltrar-se no interior do acampamento de Raïsso. A noite foi recebida com um forte grito dilacerante de animal ferido que logo se perdeu na imensidão ao redor. O rebanho todo despertou de seu torpor crepuscular. Ovinos, bovinos, caprinos e camelídeos ficaram de orelha em pé. Os cães, por sua vez, já tinham sentido o perigo.

Os quatro irmãos tiraram do acampamento um homem que sangrava aos borbotões. Depositaram-no sob uma acácia enquanto embainhavam os punhais, lavavam as mãos e selavam os cavalos. Nenhum som saía de sua boca. Alguns instantes depois, entregaram um cadáver no acampamento da família de Bogoreh. Habad, Khaireh, Miganeh e Dembil viram estremecer o pomo de adão do velho oráculo Foureh Obsieh. Silêncio absoluto.

"Ele só teve o que merecia. A gente sabia o que ele queria fazer. Não se apaixona desse jeito por uma mulher. Paz à sua alma", disse Habad, o mais velho.

"Vão embora!", ordenou Foureh Obsieh antes de acrescentar um provérbio sempre atual: "Um morto vale muito menos que o par de sandálias nos seus pés (*Nin dhintey kabixiisa ka roon*)".

OS RUMINADORES DO COTIDIANO

Nesse país de memória fissurada, "o esquecimento ou a inconsciência são as únicas garantias de serenidade".
RACHID MIMOUNI

(Uma música muito cadenciada, muito repetitiva, envolvente como os ritmos sufi, vem me habitar, me animar.)

Enquanto eu comparava os fulas (peul) no romance *Burning Grass*, de Cyprian Ekwensi, aos somalis, tal como aparecem nos romances de Nuruddin Farah, particularmente em *De uma costela torta* — seu primeiríssimo romance —, bateram à minha porta. Hesito. Continuo mergulhado em meus devaneios. Passos ressoam de novo no corredor. Passos insistentes. Estavam me procurando. Silêncio... Mariam, minha cuidadora, entra sem avisar:

"Sempre lendo."

Não sei bem por que, mas eu ouvia na voz de minha carcereira uma flauta de pã e um tambor que me levavam de volta ao passado. Mesmo assim respondi alguma coisa entre os dentes.

"Hum."

"Sempre um pretexto para não fazer nada; decididamente, você é um preguiçoso. Se todos os doentes fossem como você... A propósito, o que há de novo desta vez?"

"Estou pensando nos fulas", murmurei.

"Em quem?"

"Nos fulas, é como chamam os peul em alguns países da África, em Camarões ou na Nigéria, por exemplo."

"Seu gosto por lugares distantes vai acabar fazendo você se perder", pressagiou Mariam, que parecia não estar mais prestando atenção às minhas explicações.

É preciso dizer que já faz muito tempo que ela não me escuta mais. Não liga mais para minha pessoa. Para Mariam, sou apenas um ser ausente, um homem-roedor de livros: pescoço arqueado, olhos viscosos, embaciados, sem nenhuma expressão, cabeça mergulhada nas páginas. Para ela há eu, o ser-ausente, o homem-roedor, e há os outros: os ruminadores do cotidiano. É evidente que ela não me leva a sério. Devo confessar que é difícil me levar a sério. Acaso tenho um ar circunspecto, o olhar impassível do psicanalista, os gestos minuciosos do cirurgião, a segurança demonstrada pelo imã na primeira prece do dia na calma da aurora? No entanto causo angústia a Mariam, a mulher comum de um país sem imaginação, ocupado apenas em mastigar os restos magros de uma refeição consumida em outro lugar e enviada graças à admirável energia dos receptadores da caridade. Em público, nossos responsáveis se derramam em bondade, mas compartilham com estrita parcimônia as vísceras oferecidas pelas sociedades beneficentes. Já faz um bom tempo que ela parou de me questionar, provavelmente se perdeu nos corredores longos e sombrios de meu imaginário, encalhou diante da antessala mutável de minha percepção. Resignada, ela se contenta em me facilitar as tarefas domésticas do cotidiano. Foi ela que insistiu em trazer minhas três refeições, meu urinol e meus livros. Silenciosa, franzina, impalpável como uma sombra que passa de cá para lá diante de minha janela, que entra sem preâmbulo nem ruído, que tenta me lembrar da existência do mundo exterior, da presença dos ruminadores do cotidiano, do khat que eles mascam o dia todo sem parar, de seus medos e de suas (falsas) esperanças, da ganância de uns, da hipocrisia de outros, dos cantores condenados a permanecer em silêncio até o fim de seus dias, das mocinhas que se prostituem, relegando ao segundo plano de maneira extremamente afrontosa as meretrizes mais velhas com as bundas enrugadas pela miséria e o calor... Ela me conta que os zangões vêm invadir a península ao anoitecer... Os ruminadores do cotidiano estão inquietos: formigas enclausuradas nos formigueiros por sua vez escondidos no seio incandescente de uma cratera incessantemente visitada pelas ondas instáveis de um mar em chamas... Os ruminadores do cotidiano desdenham os produtos do santo mar. Nenhum povo ousou injuriar os deuses da água iodada! Observem, eles virão — por conta própria — se submeter, implorar perdão, mendigar algumas sardinhas e se espojar nas praias até agora reservadas aos estrangeiros de passagem, aos apátridas, aos judeus errantes, aos desempregados ociosos. E eu, eu os verei da minha janela.

Ébrios de certezas nas alturas do desespero, os ruminadores deixam o tempo deslizar sobre seus corpos. Visivelmente o tempo desliza sobre eles — mas trabalhando-os em profundidade. Pois eles são frágeis sob suas máscaras intactas. A vida é sacudida aqui mais que em qualquer lugar, a crosta terrestre é frágil ao extremo e a esperança verdadeiramente ameaçada.

Mariam, minha carcereira, não entende nada disso. Bom coração e simplória, ela acredita, assim como os ruminadores, que o sol se levanta e se põe atrás das montanhas que cercam a cidadela. Mariam só entende das tarefas práticas e cotidianas: ontem, eram os carneiros a pôr e tirar do curral, as vacas a ordenhar, os homens a satisfazer; hoje é a comida a preparar para todo o clã, as idas e vindas incessantes, os cuidados comigo, e ainda os machos a satisfazer e as almas dos mortos a celebrar. Resta (ainda!) aguentar o mau humor e a ingratidão proverbial dos ruminadores do cotidiano, os olhares obscenos dos mais velhos, as apalpadelas dos mais atrevidos.

Prisioneira de seu sexo, mais submissa do que nunca, Mariam foi muitas e muitas vezes — diante dos meus olhos — agarrada por ruminadores febris, apressados, que emporcalharam com um jato de esperma pegajoso suas coxas cor de couro e de mel. Esses borradores se aliviam rapidamente, dão o lugar a um camarada igualmente afoito senão quase impotente que dará a vez a um donzelo imberbe e ignorante dos mistérios do sexo. E eu, o enfermo, fico dividido entre minha simpatia por minha guardiã e minhas pulsões violentas de macho versado no voyeurismo.

Como puderam notar, entre os ruminadores tudo é feito em grupo e na precipitação. Um pouco como as formigas, a minúcia e o gosto pelo esforço de menos!

Rio sorrateiramente. E dizer que eles me tratam com muita consideração, que se mostram preocupados com minha sorte, assumindo ares sinceramente compadecidos as raras vezes em que me encontram na rua. Alguns ficam profundamente desconcertados ou até assustados ao me verem, enquanto outros mudam de calçada discretamente. Absorvido em meus devaneios ou em ligação telefônica com o grande Outro Lugar, não lhes dirijo uma palavra sequer, nem mesmo um sorriso ou um gesto à guisa de salamaleque. Não faço caso de sua piedade em relação à minha pessoinha. Também não dou a mínima importância à sua aversão. Contudo, uma ideia começou a passar pela minha cabeça: não sou — aos olhos deles — irremediavelmente louco? E Mariam não é ela minha prisioneira? Seria ela apenas fruto de minha imaginação? Sou o único que ainda quer sonhar no país dos ruminadores do cotidiano?

E antes de tudo, quem sou eu?

SOM MISTURADO

Como longos ecos que de longe se confundem.

CHARLES BAUDELAIRE

Somos funâmbulos no fio do Outro Lugar, nossos sonhos se orientam ao longínquo. Temos a audição aguçada do lycaon. E palavras mágicas ressoam como antífonas em nossos ouvidos: CANADÁ-ESTADOS-UNIDOS-AUSTRÁLIA-AMÉRICA--EUROPA-HOLANDA-SUÍÇA-ESCANDINÁVIA-USA, sonoras, tudo ecos, nos mantêm vivos. CA-NA-DÁ-CA-NA-DÁ-CA--NA-DÁ-CA-NA-DÁ... Por que nos lamentar, nós, sombras, lúgubres zumbis nictalopes, enquanto nossos responsáveis, porta-estandartes e faróis da Nação, fugiram com nada menos que o cofre do Estado?

Os mais instruídos entre nós, aqueles que falam dificilmente um sabir obscuro, nos trazem a cada novo dia palavras novas, ricas em sonoridade, palavras que irrompem da cascata do fôlego, palavras que estalam como chicote de couro e que lhe restituem forças dignas apenas de uma bebida forte. Nesses dias, nosso fio sobrecarregou-se consideravelmente de significados desconhecidos de nós até então. Devemos isso a um amigo zumbi — instalado longe daqui há pouco tempo — que se deu ao trabalho de nos enviar (por telefone) ecos inebriantes de dar água na boca. Oh, somos incapazes de sorver um pouquinho de consolo em nossa vida real. Mas agora temos gratificações valiosas, presentes apreciáveis que não se conseguiria encontrar nem mesmo no mais íntimo do imaginário de nosso povo amaldiçoado: QUEBEC e ONTÁRIO, ACÁDIA e MANITOBA, entre outros lugares. Lá se encontram as delícias mais memoráveis que lhe possam ser oferecidas nesta temporada de agonia.

Nada no horizonte, nada atrás de nós: somos os filhos do Vazio. Nossos músculos estão completamente anestesiados, nossa jovem razão refugiou-se nas comissuras mais fundas de nossos dedos dos pés, nosso sangue solidificou-se ou evaporou sob o sol dessa temporada funesta. Somos funâmbulos no fio do Outro Lugar. Nosso mundo está em deliquescência avançada e emite gases deletérios.

Nós também procuramos, em vão, o lugar e a fórmula.

Somente a mesquita e o microfone do Partido têm o direito (cobiçado) de despejar sobre os natimortos, os surdos-mudos, os faquires desempregados, as viúvas dos opositores e os outros agonizantes em hibernação forçada ladainhas como esta:

"Seu mundo não é Aqui, seu mundo é o grande Outro Lugar!"

Tomamos isso ao pé da letra. Forçosamente.

Com o faro e a clarividência que conhecemos nele, o-zumbi-instalado-longe-daqui-há-pouco-tempo nos telefonou justamente no dia do Eid quando todo o bairro estava triste como uma manhã de sol intenso;[12] as crianças não vêm mais ao mundo nesse dia de tão asfixiante e desnaturada que é a atmosfera. Mas, justamente nesse dia, nossa alegria foi incomensurável; seguramente estávamos mais felizes que no Dia da Independência, um vulgar dia tórrido de junho em que a emoção fulminou vinte idosos de coração fraco e em que vinte carneiros pretos foram atropelados por veículos verde e branco vindos não se sabe de onde. Desatenção e imprudência. Prenúncio de desgraças por vir — talvez. Nesse dia, então, nossa alegria foi desmesurada quando ouvimos através do fio estridente do telefone essa ressonância inédita, até aqui desconhecida de nós, insuspeitável. Era vibrante, inebriante, riquíssima. Logo nossas esperanças soaram por toda parte suavemente. Harmonicamente ou quase. Depois com uma certa violência. E nosso horizonte se decantou um pouquinho enquanto ouvíamos essa cascata continuar.

"O que ela está dizendo, a voz riquíssima?"

"Espere! Recomece bem lentamente; sim, estamos todos aqui suspensos no fio da Esperança, sim, estamos aqui, articule bem, assim, continue..."

Um trovão ensurdecedor abateu-se sobre o casebre; a cascata, o decrescendo da voz metálica repercutiu nos tabiques de zinco e nos telhados de alumínio. Em nossos tímpanos, os ecos do buzinador ao telefone multiplicaram-se, fragmentaram-se a tal ponto que nossos outros sentidos ficaram como

12 O autor se refere aqui ao Eid al-Adha, ou Eid al-Kabir, Dia do Sacrifício. (N. da T.)

que desmobilizados. Éramos então todo ouvidos. O zumbi tentava em vão desligar, nossos ouvidos ficaram surdos por alguns instantes. O tempo de um frisson.

Apenas a audição. Todos os outros sentidos entraram em greve. Não importa. Aprendemos com a cumplicidade do telefone e a boa vontade do zumbi recém-exilado um som totalmente novo, palavras novas como moedas, reluzentes, e também um pouco do Outro Lugar de que nos apropriamos sem cerimônia. Assim, uma nova esperança tinha nascido: o dia começava a despontar. E as galinhas a botar. Era ainda apenas uma germinação, a eflorescência sem dúvida tardaria. Mas não importa, sabíamos que nosso zumbi, ontem conosco, hoje estava longe daqui. Em uma ilhota verde-garrafa, uma vela imaculada inflada pelos ventos o transporta acima de um mar ultramarino com reflexos de ouro e marfim (ele nos disse), enquanto nós navegamos sobre dunas cinza-chumbo que cansam os olhos e as pernas.

Quando voltou o silêncio, a calma e a extraordinária pureza do orvalho da meia-noite, um dos zumbis de fisionomia marmórea perguntou:

"Essa nova palavra, esse nome estranho que ele disse, o que é?"

Nós nos atiramos sobre ele como que para esmagá-lo, para despejar em coro sobre ele nosso volume diário de bile azeda. Nós o deixamos paralisado com gritos no mínimo agressivos que diziam muito sobre nossa impotência atávica. O chefe dos zumbis, um professor do ensino primário sempre na rua, cuspiu bem na cara dele, e depois, pura e simplesmente, cortou o lóbulo da orelha esquerda do máscara de mármore a fim de marcá-lo para o resto da vida.

"Ele está em SAS-KAT-CHE-WAN, SAS-KAT-CHE-WAN, guarde esse nome para sempre, senão cuidado com a outra orelha, sujeito miserável!"

O nome, é verdade, tinha para nós uma substância particularmente suculenta. Nós o adotamos. Nós o reviramos na boca até gastar os maxilares, até não mais drenar a saliva, até sufocar. Enfim, estávamos ricos; possuíamos uma música transbordante em nossas bolsas de caça, música que alegrava os recantos mais desertos do leprosário e que ninguém — nem mesmo os timoneiros do Partido — podia nos confiscar. Adquirimos mais um nome, nos concedemos uma terra virgem, um mundo novo. E que nome! Que riqueza! Que apropriação! Verdadeiramente todo um universo. Repetimos todos em coro para aprendê-lo de cor, para ocupá-lo definitivamente:

"SAS-KAT-CHE-WAN-SAS-KAT-CHE-WAN-SAS-KAT-CHE--WAN-SAS-KAT-CHE-WAN-SAS-KAT-CHE-WAN-SAS-KAT-CHE..."

E uma última vez desde o início:

"CA-NA-DÁ-AUS-TRÁ-LIA-ON-TÁ-RIO-USA-QUE-BEC-SAS--KAT-CHE-WAN-CA-NA-DÁ-AUS-TRÁ..."

ASKAR-DOS-EXCREMENTOS

Na estrada, não longe do cruzamento dos Mártires, um caminhão militar coberto de poeira estacionou atravessado a fim de barrar a passagem dos veículos de qualquer marca e qualquer uso. Uma multidão se aglutina em torno dessa barreira circunstancial. Homens, mulheres e uma plêiade de garotos, vindos da escola Mahmoud Harbi próxima dali, chegam correndo. É quase meio-dia. O sol lança seus dardos, mais cortantes que cacos de garrafa. A multidão multicolorida, gritando, superaquecida pelo calor intenso, amontoa-se cada vez mais em torno da barreira, bloqueando definitivamente a via para os carros. Não cabendo na estrada, parte da multidão excitada sobe nas calçadas. Misturas espontâneas se formam, nádegas contra nádegas ou cabeça contra cabeça como em uma partida de rugby. Meninas se queixam: pequenas demais, não conseguem ver o espetáculo.

Um pouco adiante, na esquina da rua Gabobé-Sanngué, motoristas mordem os lábios de impaciência e buzinam um mais que o outro para se vingar dessa multidão que invadiu a estrada sem aviso. Os ruídos vão crescendo. Ali, mulheres de cinza ferem as cordas vocais de tanto berrar mais forte que suas vizinhas. Ao lado delas, um policial com cara de cachorro esgoela para intimar um motorista recalcitrante que tenta sem sucesso forçar a barreira humana. Já se ouve uma ambulância se aproximando com sua dança de pim-pom.

Afinal, que espetáculo atrai toda essa gente nessa hora de rush? No meio da estrada, no vão da multidão, no asfalto bistre e escaldante, jaz um homem seminu. Foi atropelado por um caminhão de transporte cor-de-areia. Prostrado, o rosto no chão, suando aos borbotões. Sangue fresco escorre do baixo ventre. O vermelho do sangue contrasta fortemente com sua pele preto-carvão. É um indivíduo de altura média com uma testa bem alta e alguns cabelos esparsos no crânio, resultado provável de uma calvície precoce. Passa do meio-dia.

Askar-dos-Excrementos (é seu nome) morreu, informam, na maca da ambulância que o conduzia ao hospital Bourhan Bey.

A multidão se desfaz em silêncio. Sem dizer uma palavra, todos retornam às suas preocupações. Apenas uma velha maltrapilha, mais atenta que os outros sujeitos, se lembra de ter visto um bode forte como um touro atropelado ainda ontem nesse mesmo lugar.

Um vento de areia traiçoeiro sopra nesse bairro populoso. Ouve-se as telhas de alumínio em péssimo estado que servem de telhados rangerem, estalarem, se retorcerem atritando-se. Algumas levantam voo, despedaçam-se no chão, sei lá por que milagre não chegando a ferir os numerosos transeuntes e desocupados. Um espetáculo familiar demais para suscitar qualquer emoção!

Os garotos continuam correndo para todos os lados, ziguezagueando entre as ruelas mais sinuosas que meandros da Amazônia. O minarete da mesquita toda branca de cal sobrepõe-se ao conjunto de barracos de contornos mais ou menos geométricos. Malditos sejam os marceneiros iemenitas que popularizaram esse estilo! Os barracos em questão, feitos de chapas metálicas, madeira, papelão e outros objetos deixados em um lixão público — como essa carroceria de automóvel repintada com as cores da cubata que ela recobre — estão espremidos uns contra os outros e bem desajeitadamente alinhados. Entre essas linhas, passagens enlameadas que chamam pudicamente de ruas (das quais algumas têm números meio apagados).

Sempre de manhãzinha, na hora em que o horizonte começa a se desenhar, a voz do muezim, harmoniosa e magistral, eleva-se em um céu ainda salpicado de estrelas. Essa voz lírica que convida os fiéis à prece da aurora é o sinal para os festeiros notívagos se enfiarem em suas tocas à maneira das hienas. Nessa mesquita, amanhã, desde o alvorecer, vão orar sobre os restos mortais de Askar-dos-Excrementos antes de sepultá-lo em um canto sombrio do cemitério.

Evidentemente, cabe à população do bairro Samaleh chorar, cantar, celebrar seu filho antes de abandoná-lo em um buraco sombrio do cemitério poeirento. E nem minha mente ardilosa pensaria em recorrer aos serviços de uma agência funerária pela simples razão de que não conheço nenhuma neste país. Não procurem, não existe! A solidariedade, esse velho impulso atávico, encarrega-se admiravelmente dessas tarefas há muito tempo.

A plebe do bairro Samaleh prepara freneticamente as cerimônias fúnebres. Os xeiques cuidam das abluções; os parentes encarregam-se de vestir o defunto em sua mortalha. Todos fazem preces; para alguns é a oportunidade de mostrar que ainda lembram dos versículos. Seguramente, o povo marca o acontecimento à sua maneira. E por bons motivos, os habitantes mais ilustres trabalham juntos: D. B. John, a alma do bairro, compôs um longo poema elegíaco que começa com essas palavras inesquecíveis:

Askar Harr[13]
Oh Czar! Oh Farol!

Ardôss, o preguiçoso inventivo, organizou um grupo de jovens dispostos a transportar o caixão nos ombros até o cemitério de cascalho e a fornecer água potável à multidão. O eloquente Joe Joubb, professor do ensino primário por profissão, para quem as palavras são parte integrante da vida, não deixou de tocar no ponto sensível dos habitantes em seu discurso elogioso com o justo título de "Askar, o louco, Askar, o sábio".

Logo depois, Chireh, o patriarca cego de olhos viscosos, contou com os lábios espumando a vida trepidante da criança terrível que se tornou um vagabundo pacífico — quase sempre mudo —, e a multidão ouviu com lágrimas nos olhos. Por fim, um jovem cujas lentes grossas infalivelmente atraíam a atenção das pessoas presentes no funeral levantou-se para anunciar seu projeto de escrever uma biografia do falecido Askar. Muitas mulheres fazem tudo ao seu alcance para que essa triste cerimônia seja um êxito total. Escoltar nosso Askar como um príncipe, dizem elas. Até sua última morada. Entre essas mulheres corajosas, destacaremos duas: Awo, a poeta-sacerdotisa que até o fim teceu louvores a Askar, comparando-o ora

13 *Harr* significa literalmente "cocô" em somali. De onde tirei o título do conto. De resto, Askar Harr realmente existiu. Era um vagabundo. (N. do A.)

ao rei Salomão, ora ao *sayid* Mohamed Abdillé Hasan, assim como a São Francisco de Assis; e Amina, uma mulherzinha cheia de vida, inigualável por seu bom coração e uma generosidade quase proverbial. Eis então que um jovem esportista conhecido pela alcunha de "O Malha" sugere que se organize uma partida de futebol como coroamento do conjunto de cerimônias. A ideia foi acolhida com aprovação quase geral. Com exceção de Ousmane Dheer, uma espécie de polícia pretensamente moral, que aproveitou a ocasião para fulminar — mais uma vez — contra os costumes dissolutos de uma juventude sem fé nem lei.

Mas quem era afinal Askar-dos-Excrementos? Sua história é conhecida aos pedaços. Sabe-se que foi um dos alunos mais brilhantes dos Padres Redentoristas de Notre-Dame-de-Dikhil. Na época, como exigia o costume nesse meio, tinha um nome cristão: Amédée. Sabe-se também que lia muito, a tal ponto que Charles Péguy, Saint-John Perse e Pierre Teilhard de Chardin tinham se tornado bem familiares para ele. Cabeça raspada, vestimentas pobres mas decentes, fazia seu pequeno passeio ritual entre as palmeiras de Dikhil sempre com um livro na mão. Já então, os malandrinhos olhavam admirados para esse jovem diferente dos outros. O menino franzino metamorfoseou-se em um estudante robusto, um pouco míope e de caráter combativo. Depois disso, dizem de fonte bem informada, tinha ido se iniciar na "Gourpo" (Europa), onde teria conhecido personalidades de todas as raças, de todas as confissões e de todos os horizontes. Rumores bem fundamentados asseguram que ele teria deixado um rasto em sua passagem; entendam com isso que teria abandonado um descendente! Anos se passaram. Durante a luta pela Independência, ouviu-se falar dele de novo, pois militava ativamente pela liberdade.

Tinha sido jogado na prisão muitas vezes. E toda vez voltava mais determinado, revigorado. Sentia que a vitória estava muito próxima. Descrevia não sem brio os amanhãs radiantes, a justiça e a igualdade para todos. Muito mais tarde, soube-se que tinha envelhecido de forma bizarra, que de uma hora para outra adquirira excesso de gordura mórbida: Askar se perdia nos labirintos do esquecimento, nos pântanos turvos da indiferença e da doce loucura. Foi provavelmente nessa época que as pessoas o marcaram com esse apelido que ele carregou como uma cruz em sua descida aos infernos.

Askar é o duplo que as pessoas detestam, porque a verdade nua e crua é que têm medo de acabar como ele. Askar é um espelho intrigante em que se olha de esguelha. Agora que está morto, as partes de seu corpo o julgarão perante Deus. Sua coluna vertebral contará que Askar não mexeu um dedo para lhe dar uma aparência de conforto. Um olho dirá que favorecia o outro, uma perna afirmará que costumava deixá-la em greve porque sempre mancava. Por um pecado venial, ele atravessará o Aqueronte — sei do que estou falando, segui o mesmo caminho. É por isso que falo no passado, como puderam notar.

Mas hoje, com sua morte, a gentalha tece coroas, celebra freneticamente sua glória efêmera na pátina de seus dias. A multidão sustenta sua lenda para mais tarde nutrir seu mito. Askar falaria todas as línguas; era antes de tudo engenheiro para alguns, figura crística para outros... Sua história, em suma, está só começando.

UMA DÉBIL ESPERANÇA

"O homem carrega um latão e um velho transistor. Caminha à frente, escalando com passo firme o declive de cascalhos sem se preocupar com o sol matinal que martela os flancos chamuscados da colina. Uma mulher e três crianças vão trotando atrás, em fila indiana, saco de arroz e fardos de roupa jogados nos ombros. Bem abaixo, a seus pés, cintila a baía de Obock com suas casas brancas, seus pequenos veleiros imóveis e seu dique deserto. Os cinco fugitivos não lhe concedem um olhar..."[14]

A lenda do mau-olhado existe em todas as línguas do mundo. Eles estavam lá, tornozelos sangrando, batendo os pés de impaciência. A gentalha tinha sonhado em tomar de assalto os corredores do poder como outrora a negrada se sublevara em Porto Príncipe, no Haiti.

O tempo, esse grande claudicante, retoma seu curso inexplicável. A população está cansada e indiferente. Nada de

14 *Le Monde*, 26 de novembro de 1991. Catherine Simon, grande repórter, cobriu a guerra civil no norte da República do Djibuti. (N. do A.)

algazarra, nada de refrão. Nada dos gritinhos longos e modulados da mulherada exaltada. Uma fortaleza de medo parece ter se abatido sobre todos.

Eles suavam em bicas. É que a incandescência do nosso meio-dia está além do suportável. Tínhamos chegado à beira da catástrofe.

Entre dois silêncios, o idiota do bairro me disse: "Se os distúrbios persistissem, teríamos de encontrar um amuleto contra as balas perdidas".

Concordo com ele, tento tranquilizá-lo. Ele me conta pela trigésima vez sobre o dia de ontem. Conta como a gentalha tomou de assalto as paredes estofadas de veludo escuro do poder, como este quase sucumbiu, como a multidão tinha sede de sangue... Ele se excita, se agita, transpira, se levanta e faz grandes gestos... Quem disse que a vindita popular era inevitável? Não tem mais bairro, derrubam tudo. Arrastam tudo... Ele me descreve a cena imaginária: os antigos dirigentes se debatendo como peixes fora d'água; agonia das baleias e estremecimentos sinuosos das enguias. Chapéus, turbantes e barretes jazem no chão e ninguém pensa em recolhê-los... Ele se senta, respira fundo, abaixa os ombros e, pela primeira vez, me olha com olhos serenos. Como o resto do bairro, o idiota experimenta um momento de medo entrelaçado com um momento de esperança eufórica e com um momento de angústia absoluta.

O tempo, o eterno claudicante, sempre surpreende a todos, até as cabeças coroadas. Haile Selassie, imperador da Etiópia, partiu furtivamente em um pequeno e banal Volkswagen em um dia de setembro de 1974.

O idiota me disse:

"Os órgãos de Stalin fazem alarde no interior.[15] Mas quem vai inventar o laxante para nos curar do desespero, nós que estamos encurralados entre cascalho ingrato e sol incandescente? Quem vai nos introduzir no rancho da louca esperança? Vamos parar de nos entrearruinar, de nos entrematar? Antes mesmo de nascermos, as Cassandras nos prediziam a anarquia, a anemia e as discórdias da guerra civil..."

Depois, como um lagarto que se abriga sob uma pedra fugindo da areia escaldante, ele eclipsou-se. A roda das estações não acaricia mais este país com flores de lava. Saboreia-se essa trégua.

O idiota me disse:

"Quanto a mim, tenho um gosto de metal enferrujado na boca; é por isso que sempre assumo o que digo."

Como uma pasta oblonga e mole que sai de um ânus, ele se senta. Está banhado de suor. Parecia ter sede.

O idiota me disse:

"A gentalha, por mais que arregale os olhos, não vê mais indícios na trajetória desses dias por vir."

Como um cordeiro que vive seus últimos momentos na poça de seu sangue ritual ele se acalma, depois tece um fiozinho de voz que parecia um longo suspiro.

O idiota me disse:

"Tivemos a retórica, você sofreu o choque. Temos vinte anos de diferença e a dúvida compartilhada. Você nasceu com a Independência, ela me tornou indolente, e juntos esperamos

15 Lançadores múltiplos de foguetes utilizados pelo Exército Vermelho durante a Segunda Guerra Mundial e apelidados de "órgãos de Stalin" pelas tropas alemãs. (N. da T.)

o renascimento tantas vezes anunciado... (*Silêncio opressivo.*) A democracia se opera sob nossos olhos em certos cantos da África; será que o enxerto vai pegar? A tentação é tão grande que alguns bufões transpõem alegremente a barreira do exílio e já se veem no lugar do chefe ontem execrado. Mas, depois do militar sanguinário, como Idi Amin ou Siad Barre, será que a África vai parir sem dor a figura do tecnocrata, contabilista de frustrações e de aspirações? Os novos homens do poder serão mais inspirados que seus predecessores?"

O espectro flácido da incerteza paira no bairro. Uma forte tensão reina em toda a cidade. Os órgãos de Stalin fazem alarde no interior atormentado pela fome. Nada de anistia no dia de hoje. Como uma coluna caída do céu, como um vigoroso Apolo descido de seu belvedere, ele se ergueu diante de mim.

O idiota me disse:

"O país não é uma puta."

VÓRTICE

1. "Somália: centenas de refugiados se afogam.

Centenas de refugiados somalis teriam se afogado tentando alcançar a costa do Iêmen depois de pular de um navio desviado em direção à costa desse país." (*Ouest-France*, 24 de junho de 1992)

A humana condição está muito doente. Expressar o desgosto por tanta aflição e nomear a vida onde ela está. Ele não é o primeiro a ter se aventurado nessa via. Os olhos cor de savana, a pele cor de carvão: é uma verdadeira fera do Geena, uma verdadeira ave de mau agouro: o oráculo que pressagia o fim de Ulisses.

2. "Somália: Siad Barre acaba de renovar o contrato de dez mercenários do Zimbábue que chegaria a um montante de 600 mil dólares. Recorda-se que em 1988 mercenários originários da antiga Rodésia tinham bombardeado o norte da Somália." (*Jeune Afrique Économie* nº139, janeiro de 1991)

Há uma grande seca por toda parte. A seca do corpo, mas também a do espírito, a que divide os membros da mesma família. Ele está separado do irmão, viu morrer o pai e a irmã mais velha. A família arrastada pelo vórtice do destino. Sinal deste último: a seca começou no mesmo dia, ou quase (já faz tempo, vocês vão entender), que a grande guerra. A mais mortal que se tinha visto aqui na terra.

3. "Na Somália principalmente, mas também no Sudão e na Etiópia, não há mais Estado, nem exército, nem polícia. Para nos deslocar com um mínimo de segurança, tivemos de contratar seguranças armados", diz um coordenador da Ação Internacional contra a Fome (AICF) (*Ouest-France*, 20-21 de junho de 1992).

Até os cães se calam. Não latem mais para a caravana porque precisam poupar esforços. Precisam andar, andar até os centros de assistência. Latir não tem mais sentido. É preciso andar, andar, andar.

4. Diminuendo

"O centro da cidade é apenas um monte de ruínas. Um monte de pedras atravessado por uma linha de demarcação que separa os subclãs... É Beirute no auge da guerra" — um repórter da Radio France (*Ouest-France*, id.).

Por mais que reflita, que se mantenha estoico, não consegue encontrar uma saída adequada, ou melhor, suportável para sua vida. As soluções que se apresentavam a ele convergiam invariavelmente na mesma conclusão, no mesmo e único alvo: sua morte. Os gritos de alarme se multiplicam. Ontem, um corvo pressagiou-lhe um fim trágico. Nesta tarde, uma serpente (era uma jiboia-constritora ou um píton?) dirigiu-se a ele como uma maldosa pitonisa. Quem viver verá.

5. Contínuo

"Eles esgotaram todos os recursos. Comem qualquer coisa. Desenterram os velhos montes de lixo. Vi crianças se infiltrarem nos curtumes para resgatar peles. Elas as fervem para amaciá-las, depois mastigam-nas, sugam-nas..." — o mesmo repórter (*Ouest-France*, id.).

Ele tinha escolha? Quem tinha escolha? Até os cães se calavam. Porém, ainda lhe restam muitas coisas a ver, muitos livros a ler, muitos túmulos a cavar ou a vigiar, muitas moças a abraçar, muitos bebês a cuidar. O país está desemparelhado, despedaçado, desareado. Ele permanece despatriado. Porém ainda lhe restam coisas a fazer: cuidar dos bebês, ajudar as colunas de assistência estrangeiras a distribuir alimentos, medicamentos, a erguer tendas, servir de intérprete, pois fala com facilidade quatro línguas da Europa. Servir de intérprete. De resto, isto é, o momento de sua morte, vamos esperar.

6. Piccolo

"Somália: uma família. O pai enlouqueceu após um bombardeio. De vítima, tornou-se ator de seu próprio mal. À imagem de Mogadíscio, onde todos acabaram por praticar o mal. Para sobreviver, é preciso fazer mal aos outros", reporta um fotógrafo (*L'Événement du Jeudi*, 21-27 de maio de 1992).

O inferno não está por vir, diz para si mesmo, o inferno está aqui. O inferno está na minha casa, prossegue ele, debaixo dos meus olhos, nos olhos dos meus, os que morreram por mil razões inusitadas como aqueles enclausurados nos edifícios de seus medos. Como aqueles desembestados nos centros de assistência estrangeiros. O inferno é uma fortaleza inexpugnável, um vírus invencível. É Geena sob os trópicos onde dançam Hades, Satã e seus comparsas. É o carnaval sob as máscaras de Ogum, do Barão Samedi e da gorda Mami Wata. Depois do fogo, o dilúvio; ou, em vez disso, seu contrário, a seca:

"Nada de chuva este ano. A fome se instala nos vilarejos onde numerosos celeiros já estão vazios... A população compara essa fome à de 1949 que fez muitas vítimas e levou muitos homens a fugir do país", testemunha um padre branco (*Ouest-France*, 20-21 de junho de 1992).

7. Interlúdio

"Havia
o grito da tribo diante da montanha
um deus incendiário de tesouros às nossas portas
e depois você no odor do sacrifício
irmã amante impossível
reinando em um jardim fechado."
(Rabah Belamri, *L'olivier boit son ombre*)

8. Finale

"No Chifre da África, todas as grandes organizações humanitárias estão presentes. Médicos sem Fronteiras rapidamente disparou o sinal de alarme a propósito da Somália. A AICF abriu onze centros de renutrição. A Assistência Católica e a Cimade, presentes há longo tempo na África, também solicitam sua generosidade." (*Ouest-France*, 20-21 de junho de 1992)

Agora ele tinha concluído a maior parte de seu trabalho. Tinha cuidado de bebês agonizantes, tinha enterrado centenas de vítimas, tinha cantado e lido também. Tinha evitado cuidadosamente abraçar moças. Tinha servido de intérprete para muitas organizações. Tinha trabalhado demais. Cabia a ele agora decidir a continuidade dos acontecimentos de sua vida... Uma manhã de cor sépia, sob o sol pontual, ele se matou.

NABSI[16]

To a knowledge of rebirth and a promise of tomorrows
And tomorrows and an ever beginning of tomorrows.[17]
WOLE SOYINKA, "Purgatory", *A Shuttle in the Crypt*

Noite de mercúrio, um país sem família. O vento sopra na medida do possível. Resta o silêncio, a armadura dos fracos, quando se pode encontrá-lo. O vento não diz uma palavra a ninguém e desconstrói uma narrativa de inquietação. Olhos febris de crianças vagueiam na casa sem família. O cheiro do dono, incenso narcótico, se espalha nas ruelas de infortúnio.

Noite de mercúrio sucede o dia cor de espuma. O general disse: "Deixem o merino mijar, minhas crianças!".[18]

16 Palavra somali que significa "infortúnio", "ruína", "morte". (N. do A.)
17 "Para o vislumbre de um renascimento e uma promessa de amanhãs/ E amanhãs e um eterno começo de amanhãs." (N. da E.: tradução livre para o português.)
18 A expressão, datada do século XIX, refere-se aos condutores de carruagens que faziam paradas para os animais urinarem a fim de evitar

O general exala tinta de choco. O general intoxica o ar. O general tem uma cabeça hachurada em três dimensões. A vida é um navio bêbado nas mãos do general *macoute*.[19] O general bebe avidamente seu suco de aloé. O futuro é uma laranja podre manchada de sangue nas mãos do general. O general come um purê de testículos (de opositores) com pimenta e petróleo antes de cair na clandestinidade.

O rosto do general no fundo da vala. Um menino-soldado mija até não poder mais na goela do general. O general tinha dito: "Se eu for para o inferno, iremos todos juntos". Uma família sem país cospe na goela do general. Um país sem família, inúmeros clãs em farrapos, economiza as lágrimas com medo da sede. Um homem-sapo cuspinha sangue na goela do general com cara de ouriço-do-mar. Uma bandeira encrostada de excrementos, testamento da nação defunta, tremula sem força. Um cão armado vomita sua bile, seu carregador vazio. Um cadáver, dois cadáveres (são duas crianças ou uma mãe e uma criança?) roçam o pavimento de pedra em sursis. Click! Um abutre tira uma foto deles e envia para sua agência. Pronto, ele desaparece!

Aqui e ali o céu defeca sangue de boi, o sol também. Uma lua calva e deserdada treme de fome e de frio. Ogum, o deus da guerra, está arrependido e derrotado. Alguém que enxerga

problemas no percurso. Pode ser traduzida como "tenham paciência". (N. da T.)

19 Tonton Macoute é uma figura da mitologia haitiana que captura crianças desobedientes e as leva dentro de um saco de estopa (*macoute*) para comê-las no café da manhã. *Macoute* foi o nome adotado pela força paramilitar e polícia secreta do Haiti criada por François "Papa Doc" Duvalier em 1959, famosa por sua brutalidade. (N. da E.)

cambaleia como quem não enxerga. Uma árvore raquítica o imita. O território da dor estremece por toda parte. Sem ruído, uma criança arranha o chão para devorar primeiro um, depois dois punhados de areia marrom. Pedrinhas rangem entre a meia dúzia de dentes que dançam dentro de sua boca. Ela cospe alguma coisa e devora o resto. Tosse, depois adormece. Seu peso: um toque de aranha no solo. Um tosão de sombra. Um velho está deitado perto dela. Uma tanga desbotada é acariciada pelo vento ocioso. Um rosto marcado tosse baixinho. As mãos cobrem a cabeça furta-cor que repousa sobre suas sandálias deformadas. O corpo está desarranjado. Um náufrago, surgido da noite de crueldade, desmorona e adormece. O errante está morto. A lua funga, sozinha e cansada. Uma mulher tenta se levantar e desaba sobre seu bebê. Um homem abre a boca, cai um dente cor de pus. Ele o recolhe e depois o joga longe. Um pé palmípede pisoteia um escarro. As moscas desdenham os odores. As moscas são o sorriso da náusea.

Biafra-Somália: *nabsi wa mid.*[20]

Harvest of Hate

The hearth is pocked with furnacing of teeth
The air is heavy with rise of incense
For wings womb-moist from the sanctuary of nests
Fall, unfledged to the tribute of fire.

Now we pay forfeit on old abdications
The child dares flames his fathers lit

20 Em somali significa "mesma sorte", "mesmo destino iníquo". (N. do A.)

And in the briefness of too bright flares
Shrivels a heritage of blighted futures.[21]

Horror tribal e traços de desumanidade em paisagem sem viço. O sol tosta as silhuetas desarticuladas. Montículos afligem a savana calva: cemitérios que parecem cupinzeiros. Ossos, de homem ou de pássaro, se descalcificam continuamente. Uma mulher jovem e decomposta mordisca um fêmur. As tripas de um jumento passam de mão em mão. Ossinhos são trincados com convicção. Sem rancor, o coração da terra quer sorrir aqui, mas não consegue. Um homem passa maquinalmente diante das fúteis ramagens que servem de abrigo, olha para os corpos imóveis sob o abrigo. Seu olhar retém um raio de sol. As ramagens emitem uma ladainha quase imperceptível. Mas o vento não dirá uma palavra ao homem. O vento tampouco tocará o abrigo que se encaracola em si mesmo. O torpor se abate sobre o abrigo. Folhas caem e nadam entre os cascalhos. Folhas caem. Um homem também cai. Algumas crianças se emplumam e ultimamente não caem mais. Que se caia aqui, isso não é inelutável?

Paisagem descorada pelo horror tribal. Traços de desumanidade.

A morte cai como flocos aqui e ali, recifes de ossos descarnados na superfície uniforme da planície. Ali, recifes de ossos

21 Poema de Wole Soyinka: "Colheita de ódio".
"A lareira está crivada de brasas dentadas/ O ar pesa com a ascensão do incenso/ Pois asas úmidas do ventre do santuário de ninhos/ Caem, implumes, em tributo ao fogo. // Agora pagamos o preço por antigas renúncias/ A criança desafia as chamas que os pais acenderam/ E na brevidade de fulgores demasiado brilhantes/ Definha uma herança de futuros arruinados." (N. da E.: tradução livre para o português.)

oxidados entre as algas daqueles que se precipitaram no oceano. A região desnudada a perder de vista, de longe em longe desde Mogadíscio, a mestiça. A cidade é hoje a flor de ruína líquida de todo um país mergulhado nas trevas. O país tornou-se uma barbárie: a guerra intestina tem boa reputação.

Florilégio de *technicals* nas artérias do que resta da capital. Os *technicals* — veículos eriçados com armas automáticas, carros de combate do pobre — caracolam à frente para não deixar ninguém passar. Os Mad Max gerenciam as ruínas. Alguns dólares por homem (armado) e por dia para proteger os *french doctors* que garantem a ração. Os chefes militares têm orgulho deles, eles protegem os *check points*. Care, MSF, AICF e outros garantem o carrossel de assistência. Save the Children encaminha as crianças para os *feeding centers*. A Villa Somalia — palácio do ubuesco ditador — é um campo de ruínas tosco; o último leão foi apedrejado pela gentalha em fúria. Concern se reveza com Care. MSF auxilia AICF. A toda hora os *gunmen* abastecem de feridos o arremedo de hospital. A cada novo dia (criado por Deus) os falcoeiros trazem carne fresca para os médicos.

As silhuetas doentias não esperam nem mesmo Godot, não, elas esperam a feiticeira mortífera que anda de um lado para o outro diante do muro do clã. Aguardam-se os pacotes de arroz enviados pelos alunos do ensino primário da França, aguardam-se caixas de leite em pó, garrafas de óleo, sal e açúcar. No porto, parece que estão descarregando até sacos de farinha branca. Dizem que caixas de tomates concentrados vão chegar em breve. Complacentes, os motoristas de caminhões de assistência se dignam a descer das cabines. Distribuem cigarros de seus caminhões ou vêm apertar a mão dos Mad Max cobertos de suor.

Será que este país assinou um pacto com Satã? Ironia do destino: dilaceram as entranhas uns dos outros em um país onde o parentesco é onipresente. Ironia da linguagem: "irmãos" de sangue que se estripam ou "irmãos" armados por uma causa fratricida?

O combate da vida e da morte. A morte fanfarronando sobre um pedestal. A vida abatida, revolvendo-se no chão. A vida deixada quase morta. E ninguém pode chorar a vida como em tempos de outrora. Os grandes homens de verdade não estão mais lá? Em Mogadíscio como em Monróvia, como em Cartum, Luanda ou Djibuti, procura-se por toda parte o gênio da união. Profere-se por toda parte o mesmo credo:

Meu irmão antes de meu primo próximo
meu primo próximo antes de meu primo
meu primo antes de meu aliado
meu aliado antes daqueles de frente
aqueles de frente antes de meu inimigo do dia
o inimigo do dia antes do inimigo de sempre
e todos, naturalmente, depois de mim.

FRAGMENTOS ÍNTIMOS E COLOSSAIS

1. Fragmentos de uma cidade:

É noite ao meio-dia. Os dias vão se enfileirando como as contas de um rosário. O sol termina sua grande violação: ele tem todo poder... A vida é uma auréola, depois uma treva. Vovó dizia que Deus tinha ordenado ao mar que jamais ultrapassasse seu limite para não perturbar os homens. Desde então, a inclemência dos dias se expande ao longo das noites da mesma maneira que esse tecido social se esgarça sem cessar. Vovó disse que se foi o tempo em que se coçava a cabeça diante dos armazéns que vendiam grandes sacos de carvão de lenha e saquinhos de água congelada. Em nosso país, os vigorosos soldados de um Ocidente longínquo pavoneiam-se diante de seus receptores quadrados. Vovó teria citado esta frase de Léon Bloy — é que ela morreu este verão antes da chegada dos rapazes de Dakota —: "A gente ia poder se entrelamber e se lamber à vontade, adornar nosso sugadouro e acariciar nossa trompa e congratular nosso apêndice nos desvãos das sacristias colonizadas pelas baratas". E ela teria razão. Em nosso país, diante dos rubescentes de Montana, Bush veio saborear uma Coca acariciando o queixo. Os caudatários locais só tinham uma palavra na boca: "*Thank you! Thank you!*". O cortejo de jornalistas tinha o sorriso nos lábios. Vovó não estava mais lá. Como restituir essa esperança deixada para as calendas gregas?

2. Fragmentos de uma carta (traduzida do somali):

Celebramos a festa do Mawlid. Matamos carneiros. Os alunos do ensino primário vieram compartilhar a comida conosco. Todos no vilarejo estavam contentes e as mamães riam muito na cozinha da escola. Os homens chegaram acompanhados dos xeiques e os xeiques recitaram hadiths. *Louvamos o nome do profeta Mahamed.*

Em seguida semeamos muito e o jardim está repleto de legumes verdes, bananas e painço.

Muito obrigado a vocês, meus padrinhos, e à associação Enfance et Partage.

Seu afilhado Cabdi.

3. Fragmento de uma reportagem:

"Porém, há quase dois anos, em 11 de janeiro de 1991, Halima, a mais velha, quarenta e oito anos, que sempre mantém na cabeça o *shaash*, turbante vermelho ou preto que as mulheres casadas devem usar por toda a vida, viu seu esposo, industrial, levado à força de seu domicílio. Era véspera da queda do ditador Siad Barre. No dia seguinte, Halima percorreu a cidade em busca do marido. Finalmente, um imã lhe disse onde se encontrava o corpo, pois os homens de Siad Barre o haviam assassinado... Desde o início da guerra civil, há dois anos, Leila só conhecia desgraça e aflição. Seu marido refugiou-se em um campo no Quênia. Ele não a abandonou. Nenhum dos dois quis abandonar seu clã, preferindo-o à família, talvez esperando 'dias melhores'." (Julia Ficatier, *La Croix*, dezembro de 1993)

4. Fragmento de um discurso fraseado:

O que é irreal hoje é o real de amanhã.

JOHN COLTRANE

É noite ao meio-dia. Os morcegos voam em direção a um céu deserto, raiado mas sem nuvens. Um céu combinando com a paisagem aqui embaixo. O que esperam compreender quando até Vovó confessa que tudo a surpreende? A noite invade o dia e adquire traços diurnos. Laços estranhos se entretecem sob nossos olhos. A pedra engole a pedra, deixaram os homens vivendo em apneia na terra firme — só os loucos mansos se sentem seguros. O irreal dos loucos é a certeza de amanhã. Temos de enfrentar o céu imensamente cimentado: um céu que já não transporta nuvens. Um céu com manchas purulentas sob o qual temos de aprender o ofício de homem. Começaremos por nos apropriar da arte do fragmento, pois a vida é complexa demais para ser apreendida em seu conjunto. Parasitar, canibalizar os discursos oficiais, juramentados ou midiáticos, devolvê-los *in naturalibus*. Reduzi-los a ecos penetrantes neste mundo em que a indignação é calculada conforme o sofrimento. A cavalo dado não se olham os dentes: será que é essa a moral da intervenção americana neste país onde o desamor causa estragos em clãs somalis? Os responsáveis são eles mesmos — chefes militares locais, mas também a OUA,[22] as potências regionais e seus interesses imediatos etc. — que desejariam se esconder atrás da folha de videira de sua ignorância.

22 Organização da Unidade Africana, estabelecida em maio de 1963 em Adis Abeba, Etiópia, com trinta e dois países africanos signatários. (N. da E.)

5. Fragmento de um fragmento de deserto:

O nômade conhece e admira, por sua resistência e sua força, esse pequeno animal cor de areia que é a raposa. Essa raposa — ou feneco — tão magra, mais faminta que um piolho na cabeça de um careca, impõe respeito. O antílope a procura, mas a teme; o homem a acaricia com o olhar, mas a inveja. As plantas suculentas facilitam sua passagem e as estrelas a acompanham quando a noite cai. Seu silêncio é um discurso, seu olhar agudo e panorâmico ao mesmo tempo. A raposa no deserto é o homem infatigável que desgasta o horizonte. O que pode o homem contra esse outro insuperável? Será que não vai reencontrar esse duplo na última morada? A raposa é o homem que foge da morte, mas isto não é possível pois "todo homem provará a morte" (Alcorão 3:185).

6. Fragmento de um monólogo ou morte trágica:

Anâ ahya? Estou vivo? *Wal layali*? E as noites? O céu existe? O zero — *as-sifr* — tem um sentido? E a inclemência das noites e dos dias? Por que estou instalado permanentemente? Onde se encontra então o quarto do suicida? Não é verdade que se direciona a morte para a *qibla*, Meca? Sussurra-se a *chahada*, não é? Mas onde estão aqueles que deveriam velar minha morte? *Naf eey*![23]

Um longo silêncio se desdobra con-ti-nua-men-te.

23 Expressão somali que significa "Que vida!". (N. da E.)

GLOSSÁRIO

ADOUA derrota histórica dos italianos diante do Império abissínio liderado por Menelik II.

ALHAMDULILLAH "graças a Deus".

AQUERONTE rio que, na mitologia grega, conduz as almas a seu destino após a morte.

ASKARI soldado dos exércitos coloniais na África Oriental.

BAB AL-MANDEB (PORTÃO DAS LÁGRIMAS) estreito que liga o Mar Vermelho ao Golfo de Áden, entre o Iêmen e o norte da República do Djibuti.

BALBALA grande favela na periferia da capital Djibuti, densamente povoada.

CHAHADA literalmente "testemunho"; é a profissão de fé islâmica.

DIRAC vestido muito transparente e leve, usado pelas mulheres mais ou menos à maneira de um sari.

FIRHUN nome de um demônio como Iblis; mais precisamente, a pronúncia somali de *fir'aun*, "faraó" em árabe.

IBLIS figura demoníaca da tradição islâmica, mencionada em algumas suras do Alcorão.

JAB ISSA literalmente "derrota dos issas".

KHAIREH ADDEH nome que os djibutianos dão de brincadeira aos franceses e, por extensão, aos brancos. *Addeh* significa também "claridade".

KHAT planta nativa das áreas tropicais da África Oriental e da Península Arábica, usada há séculos na região, cujas folhas contêm catinona, um alcaloide do tipo anfetamina.

MAWLID festividade que celebra o nascimento do Profeta Mohammed.

NABI ISSA nome árabe para Jesus. *Nabi* quer dizer profeta.

OGASS chefe espiritual dos issas.

OKAL decano, chefe de vilarejo.

QIBLA literalmente "direção", indica a direção da Caaba em Meca, lugar sagrado do Islã.

REZUS bandos armados, na África do Norte e particularmente no Saara, que se lançavam à prática de razia.

RIFT o grande vale do Rift é uma falha geológica que se estende por milhares de quilômetros pela África Oriental e que também passa pelo Djibuti.

SALLAWAAD interjeição originalmente árabe, que foi "somalizada", e cujo significado é "Deus nos livre!".

SUBHANALLAH "glorificado seja Deus".

TIRAILLEUR soldado de tropas de infantaria recrutado entre as populações autóctones dos antigos territórios ou protetorados franceses.

XEER sistema tradicional legal que regia o povo somali.

Dados Internacionais de Catalogação na Publicação (CIP)

W112p

Waberi, Abdourahman A., 1965-
O país sem sombra / Abdourahman A. Waberi;
tradutora: Fátima Murad. – Rio de Janeiro: Tabla, 2025.
120 p. ; 21 cm.

Tradução de: Le pays sans ombre.
ISBN 978-85-92632-24-3

1. Ficção africana (Francês). I. Murad, Fátima. II. Título.

CDD 843.914

Roberta Maria de O. V. da Costa – Bibliotecária CRB-7 5587

Título original
Le pays sans ombre

A primeira edição original em francês foi publicada em 1994,
em Paris, pela editora Le Serpent à Plumes.

DIREÇÃO EDITORIAL
Laura Di Pietro

EDIÇÃO
Paula Carvalho

ASSISTÊNCIA EDITORIAL
Olívia Janot

PROJETO GRÁFICO
Cristina Gu

PREPARAÇÃO
Mariana Correia Santos

REVISÃO
Gabrielly Alice da Silva

DIAGRAMAÇÃO
Balão Editorial

IMAGEM DA CAPA
Eva Mtalii (paisagem, Djibuti)

A publicação deste livro recebeu o apoio
do Acervo África (www.acervoafrica.org.br).

ACERVO ÁFRICA
MEMÓRIA, ARTE E CULTURA

[2025]

EDITORA ROÇA NOVA LTDA.
+55 21 99786 0747
editora@editoratabla.com.br
www.editoratabla.com.br

Este livro foi composto em Adobe Text e Familjen Grotesk, e impresso em papel Pólen Bold 90g/m² pela gráfica Leograf em junho de 2025.